Hannah Siebern

SCHNEE ZAUBER

Für [illegible]rena

Lesen heißt durch fre[illegible] Hand zu

träumen. Viel Spaß dab[illegible] und

frohe Weihnachten.

Hannah Siebe[illegible]

Impressum
2017 Hannah Siebern
48653 Coesfeld

Deutsche Erstausgabe 10/2017

Lektorat: Nadine d'Arachart und Sarah Wedler
Satz: Hannah Siebern
Cover: JB Benitez
ISBN-13: 978-1976373565
ISBN-10: 1976373565

Über die Autorin

Hannah Siebern wurde 1986 in Münster (NRW) geboren und studierte an der Uni Dortmund Erziehungswissenschaft. Geschichten schrieb sie schon als Kind leidenschaftlich gerne. Ihre ersten Werke handelten von fiktiven Abenteuern, die sie mit ihren Freundinnen erlebte. Jahre später entdeckte sie dann ihre Liebe zu Fantasyromanen und schrieb mit 23 ihr erstes komplettes Buch.

Inzwischen lebt sie mit ihrem Freund und ihrem Hund in Coesfeld (NRW) und arbeitet schon wieder an ihrem nächsten Romanprojekt.

Foto: Guido Karp www.p41d.com

Besuchen Sie Hannah Sieberns Blog unter:
www.hannahsiebern.de

Die Autorenseite auf facebook:
www.facebook.com/hannah.siebern

Oder schreiben Sie ihr eine Mail unter:
hannah@nubila-roman.de

Kapitel 1

Katie

Hätte ich vor drei Jahren gewusst, was für ein Arschloch mein Chef Mister Frost war, dann hätte ich mir ganz sicher einen anderen Job gesucht.

In diesem Falle wäre mir auch der Schreck erspart geblieben, als ein ganzer Stapel Papiere mit voller Wucht auf meinen Tisch geknallt wurde.

„Sie gehen nicht weg, bevor dieser ganze Mist hier abgearbeitet ist!“, brüllte er mich an, als wäre ich schwerhörig.

„Aber …“, begann ich.

„Kein Aber! Ich hatte Ihnen gesagt, dass die Jahresabrechnung so weit fertig gemacht werden muss!“

„Aber ich kann nicht länger machen. Meine Tochter hat heute eine Präsentation in der Schule. Sie arbeitet schon seit Wochen daran.“

Mister Frost gehörte zu den wenigen Menschen, die es tatsächlich schafften, nur eine Augenbraue anzuheben und das sah bei ihm so spöttisch aus, dass ich mich gleich fühlte wie ein Insekt, das er jeden Moment zerquetschen würde.

„Ich bin sicher, Ihre Tochter schafft das auch ganz wunderbar ohne Sie, Miss King“, sagte er und deutete auf den Stapel Papiere. „Bevor das nicht fertig ist, gehen Sie nirgendwohin. Sonst brauchen Sie Montag gar nicht erst wiederzukommen."

Mit diesen Worten verschwand er in seinem Büro und die Tür krachte hinter ihm zu.

„Was ist dem denn heute wieder für eine Laus über die Leber gelaufen?", fragte meine Kollegin Nancy.

Sie war klein, rundlich und das Herzstück unseres Büros, obwohl sie das mit dem Herzstück vermutlich auch über mich gesagt hätte. Aber auch wenn ich Mister Frosts persönliche Assistentin war, fühlte ich mich überhaupt nicht so, als wäre ich in irgendeiner Art und Weise privilegiert. Wenn überhaupt, dann hatte ich die Ehre, mehr unbezahlte Überstunden machen zu dürfen, als alle anderen.

„Ich habe keine Ahnung", gab ich zu und sah betrübt auf den Stapel Arbeit vor mir. „Ich kann das unmöglich alles heute noch machen. Ich muss zu Phoebe. Ich habe es ihr versprochen."

Ich fühlte, wie mir die Tränen in die Augen stiegen und ärgerte mich sofort darüber. Heulen brachte mich nicht weiter. Wenn überhaupt, dann machte es Mister Frost nur wütender und er würde am Ende noch zum Vergnügen verlangen, dass ich am Wochenende ebenfalls arbeitete. Es wäre zumindest nicht das erste Mal.

„Natürlich kommst du zu deiner Tochter", beruhigte mich Nancy. „Keine Sorge. Sarah und ich werden dir helfen. Nicht wahr, Sarah?"

Sarah sah auf und seufzte. „Ich würde ja gerne, aber ich habe nachher noch ein Date, daher …"

Ich biss mir auf die Unterlippe, um ihr nicht zu sagen, wie scheißegal es mir war, dass sie ein Date hatte. Immerhin hatte sie gefühlt jedes Wochenende einen neuen Typen am Start. Bei mir hingegen ging es um meine kleine Tochter.

„Ach, komm schon, Sarah", sagte Nancy. „Wir haben dir doch auch schon aus der Patsche geholfen."

Das stimmte. Sarah hatte vor einiger Zeit eine kurze, aber umso heftigere Affäre mit dem Chef gehabt und nur mir und Nancy war es zu verdanken, dass sie danach nicht aus der Firma geflogen war. Wir hatten es geschafft, Leonard Frost davon zu überzeugen, dass es durchaus möglich war, mit jemandem zusammenzuarbeiten, der schon mal stöhnend auf seinem Schreibtisch gelegen hatte. Und Sarah hatten wir dazu gebracht, ganz schnell wieder zu vergessen, dass sie je etwas mit ihm gehabt hatte. Nur so hatte sie ihre Stelle behalten können.

Sarah seufzte. „Also gut. Ich bleibe eine Stunde länger. Aber mehr geht wirklich nicht. Es ist ein Jammer, dass Mister Frost so gut aussieht, aber den Charme eines Eisklotzes besitzt. Er könnte es so viel leichter haben, wenn er nur ein kleines bisschen netter zu den Menschen wäre."

Da hatte sie nicht unrecht. Leonard Frost war ein unglaublich attraktiver Mann. Er hatte einen schlanken, aber gut trainierten Körper und ein markantes Gesicht mit stahlblauen Augen und dunklem Haar. Aber seine kühle Art machte das alles wieder zunichte. Viele Frauen, die neu in der Firma anfingen, fanden ihn zu Beginn faszinierend und träumten davon, seine harte Schale zu durchbrechen, um seinen weichen Kern zu offenbaren. Aber das war nur Wunschdenken, wie sie spätestens merkten, wenn er sie nach dem ersten Sex fallenließ wie eine heiße Kartoffel.

Genau, wie er es mit Sarah getan hatte.

Nancy und ich konnten uns vermutlich glücklich schätzen, dass wir bereits Kinder hatten, denn es war ein offenes Geheimnis, dass Mister Frost grundsätzlich die Finger von Frauen mit Kindern ließ. Egal, wie gut oder schlecht sie aussahen.

„Na, siehst du", sagte Nancy zu mir und nahm mir zwei Drittel des Stapels ab. „Wir teilen uns die Arbeit und dann bist du im Handumdrehen bei deiner Tochter."

Drei Stunden später stakste ich so schnell es mir möglich war durch den Schnee. In meinen hohen Schuhen konnte ich nicht gut laufen und ich verfluchte Mister Frost nicht zum ersten Mal dafür, dass er auf diese unbequeme Kleidung im Büro bestand. Für ihn hatte eine Sekretärin Pumps zu tragen. Egal, ob es draußen regnete oder schneite. Und diese Pumps mussten auch mindestens zehn Zentimeter hoch sein. Wer damit nicht laufen konnte, sollte halt sitzen bleiben. Die Arbeit einer Sekretärin fand ja ohnehin hauptsächlich am Schreibtisch statt. Allerdings hatte er dabei nicht bedacht, dass man ja auch irgendwie zur Arbeit hin und wieder zurückkommen musste. Und da ich kein Auto besaß, musste ich die öffentlichen Verkehrsmittel nehmen und erstmal bis zur U-Bahn laufen. Und das war bei eisglatten Gehsteigen gar nicht so einfach wie man meinen sollte.

Natürlich hatte die Stadt New York überall streuen lassen, aber das änderte leider nichts daran, dass ich mit meinem engen Rock und den hohen Schuhen fror und nur sehr langsam vorankam.

Mist, Mist, Mist. Wie oft hatte ich mir schon vorgenommen, mir Kleidung zum Wechseln mitzunehmen, damit ich wenigstens auf dem Weg zur Arbeit und wieder zurück Winterboots tragen konnte. Aber heute Morgen hatte es schnell gehen müssen. Phoebe war so aufgeregt gewesen wegen der Präsentation, dass sie es nicht geschafft hatte, in Ruhe ihr Frühstück zu essen. Stattdessen hatte sie ihr Müsli umgestoßen und es über meinem Outfit entleert. Daher war mir nichts anderes übriggeblieben, als mich noch mal umzuziehen und damit viel wertvolle Zeit zu vergeuden. Aber es gab keinen Chef, der weniger Verständnis fürs Zuspätkommen hatte, als Mister Frost, daher hatte ich auf mein eigenes Frühstück verzichtet, um Phoebe noch rechtzeitig in der Grundschule abzuliefern.

Durch die Überstunden war ich inzwischen aber deutlich zu spät und selbst die weihnachtliche Dekoration in den Straßen von New York konnte mich heute nicht wieder aufheitern. Ich würde meine Tochter enttäuschen. Ich wusste es ganz genau und es brachte überhaupt nichts, dass ich mich so abhetzte, denn als ich an das Tor der Schule kam, war sie wieder einmal die Letzte, die noch davorstand. Ihre Lehrerin Miss Mason sah mich mitleidig an, weil sie offenbar erkannte, wie sehr ich mich beeilt hatte. Trotzdem war es zu spät. Das konnte ich an dem enttäuschten Blick meiner kleinen Tochter gut erkennen.

„Es tut mir so leid", sagte ich zu Phoebe.

„Ich habe alles versucht, aber ich bin einfach nicht eher von der Arbeit weggekommen."

Doch meine Tochter antwortete nicht darauf, sondern riss sich einfach los und lief in Richtung U-Bahn.

„Bin ich viel zu spät?", fragte ich.

„Eine halbe Stunde", bestätigte Miss Mason. „Ihre Tochter hat sich den ganzen Tag darauf gefreut, Ihnen ihr Kunstwerk zu zeigen. Sie ist unheimlich begabt. So etwas habe ich selten gesehen."

Ich seufzte. „Ich habe alles versucht. Aber mein Chef ist sehr streng. Ich muss jedes Mal fürchten, dass er mich feuert, wenn ich keine Überstunden mache."

„Das verstehe ich, Miss King. Aber Sie müssen auch Phoebes Seite sehen. Seitdem ihr Großvater verstorben ist, hat sie keine männliche Bezugsperson mehr und das ist nicht leicht für sie."

Das war mir klar. Phoebe hatte ihren leiblichen Vater nie kennengelernt. Ich war damals viel zu jung schwanger geworden und hatte sie mit neunzehn zur Welt gebracht. Meine Eltern hatten mir dabei geholfen, sie aufzuziehen, aber von meinem damaligen Freund hatte ich nie wieder etwas gehört. Ich hatte ein paarmal versucht, Kontakt zu ihm aufzunehmen, um Unterhaltszahlungen zu erwirken, aber offensichtlich war er zurück nach Schweden gezogen, von wo aus er als Austauschschüler in die USA gekommen war. Ich hatte nie einen Cent von ihm gesehen.

„Ich weiß, dass sie meinen Vater vermisst", gab ich zu. „Das tue ich auch. Es ist schrecklich, dass der Herzinfarkt so plötzlich gekommen ist, aber wir müssen uns alle irgendwie damit arrangieren."

„Das ist mir klar. Trotzdem sollten Sie versuchen, etwas mehr Zeit für Ihre Tochter freizuschaufeln. Sie braucht Sie."

Ich nickte. Phoebe wurde bald sieben und mir war klar, dass ich dabei war, die Kindheit meiner Tochter komplett zu verpassen. Irgendwann würde die schöne Zeit mit ihr endgültig vorüber sein. Dann kam sie in die Pubertät und es würde ihr peinlich werden, mit mir überhaupt gesehen zu werden. Sie würde anfangen, sich zu schminken, würde ihren ersten Kuss haben und nur noch von Jungs und Musik reden. Bereits jetzt stand sie auf Justin Bieber.

„Wissen Sie, Phoebe hätte es Ihnen gar nicht so übelgenommen, wenn Sie heute nicht gekommen wären", versicherte mir Miss Mason. „Das ist sie ja bereits gewohnt. Dann hätte sie ihre Großmutter gefragt. Aber Sie hatten ihr offenbar versprochen, dass Sie kommen würden. Und Kinder merken sich solche Dinge. Wenn Sie Ihre Versprechen nicht halten, dann wird Phoebe das später auch nicht tun. Soviel ist sicher."

Ich sah meiner kleinen Tochter hinterher. Sie sah so niedlich aus in ihrem dicken Parka und mit den Handschuhen. Wann war sie eigentlich so groß geworden? Sie ging mir inzwischen bis zum Bauch und mir war klar, dass es nicht mehr allzu lange dauern würde, bis sie mich eingeholt hatte. Und dann? War sie überhaupt noch mein kleines Mädchen, sobald sie auf mich hinabblicken konnte? Ich wusste es nicht und fürchtete mich jetzt schon vor dem Tag.

„Ich werde morgen einen ganz besonderen Tag mit ihr machen", versprach ich. „Morgen ist Samstag und da habe ich für gewöhnlich frei. Ist es möglich, die Ausstellung auch dann noch anzusehen?"

„Die Tore sind morgen früh ab zehn Uhr wieder offen. Dann können Sie gerne mit Ihrer Tochter herkommen. Gar kein Problem. Es wird Ihnen gefallen. Da bin ich sicher."

Ich nickte. Ich war auch davon überzeugt, dass meine Tochter mich zum Staunen bringen konnte. Die große Frage war nur, ob ich sie dazu bringen konnte, dass sie mir verzieh.

„Phoebe!", rief ich meiner Tochter hinterher und konnte gerade noch verhindern, dass sie ohne mich in die U-Bahn einstieg. Ein Mann hielt seine Hand in die Tür und verhinderte so, dass sie vor meiner Nase zuging. Schnell sprang ich hinein, nickte dem Mann dankbar zu und schnappte mir dann meine Tochter.

„Madame. Was sollte das gerade?", fragte ich aufgebracht. „Was glaubst du eigentlich, was du da tust?"

„Ich will nach Hause", erklärte sie. „Es ist kalt."

Das stimmte, aber es gefiel mir trotzdem nicht, dass sie ohne mich hatte gehen wollen. Für ein Mädchen in ihrem Alter lauerten überall Gefahren in New York und ich fürchtete mich schrecklich davor, dass sie irgendwann in eine U-Bahn steigen und nie wieder auftauchen würde.

„Du weißt genau, dass du das nicht tun sollst", schimpfte ich. „Ich würde es mir nie verzeihen, wenn dir was passiert."

„Ach ja? Bist du sicher, dass es dir überhaupt auffallen würde, wenn ich weg bin?"

Geschockt sah ich sie an und als ich die Tränen in ihren Augen erkannte, zog sich mein Herz schmerzhaft zusammen.

„Oh Gott, Schätzchen. Natürlich würde es mir auffallen, wenn du weg bist", versicherte ich ihr und zog sie in die Arme.

Sie versuchte sich mir zu entziehen, aber ich ließ es nicht zu, sondern drückte sie ganz fest an mich.

„Du weißt doch, dass mein Chef ein richtiger Blödmann ist. Erinnerst du dich noch an letztes Jahr?"

Phoebe nickte. „Jaaaaa. Er hat gesagt, ich bin eine Rotzgöre und dass er dich feuert, wenn du mich noch mal mitbringst."

Ich nickte. Ich hatte Phoebe kurz nach dem Tod meines Vaters einmal mit zur Arbeit nehmen müssen, weil meine Mutter fix und fertig gewesen war. Nach dem Ausraster von Mister Frost hatte ich mich das allerdings nie wieder getraut. Er schien Kinder nicht leiden zu können. Genau, wie er auch sonst niemanden leiden konnte. Es war faszinierend, dass er überhaupt durchs Leben kam mit dieser Einstellung.

„Mister Frost ist ein Mistkerl", bestätigte ich. „Aber er ist nun mal mein Chef und wir sind auf sein Geld angewiesen. Das weißt du doch."

„Warum suchst du dir nicht einen anderen Job, Mom? Es gibt doch bestimmt andere Chefs, die viel netter sind als Mister Frost."

„Oh. Die gibt es ganz sicher", sagte ich und zog meine Tochter aus der U-Bahn, weil wir unsere Haltestelle erreicht hatten.

„Nur leider würde es in einer neuen Stelle ein paar Jahre dauern, bis ich mich so weit hochgearbeitet hätte, dass ich so viel Geld verdienen würde wie bei ihm."

„Mom? Hast du mit Mister Frost Sex gemacht?"

„Was?“ Ungläubig sah ich mich zu ihr um und wurde knallrot. „Wie ... wie kommst du denn darauf? Woher weißt du überhaupt, was das ist?“

„Sarahs großer Bruder hat das erzählt. Er sagt, Männer und Frauen machen Sex.“

„Phoebe. Das ist nur etwas zwischen Mommys und Daddys. Man muss nicht mit seinem Chef schlafen, um mehr Geld zu bekommen. Ich bin einfach gut in meinem Job. Deswegen hat er mein Gehalt immer wieder erhöht. Ich bin jetzt seit drei Jahren bei ihm und er weiß meine Arbeit zu schätzen. Bei Mister McFinnigan hast du doch hoffentlich nicht auch gedacht, ich würde mit ihm Sex haben.“

„Das ist doch etwas ganz anderes, Mom. Dein alter Chef war viel zu alt für dich. Und viel zu dick.“

Ich musste lachen, weil meine Tochter offenbar verdammt oberflächlich war. „Das heißt also, du findest Mister Frost gutaussehend, ja?“

Sie zuckte mit den Schultern. „Klar. Du nicht?“

„Ich ...“ Ich verstummte. „Also gut. Das reicht, Phoebe. Ich denke, wir haben jetzt genug über meinen Chef geredet. Einigen wir uns doch einfach darauf, dass er ein gefühlskalter Mistkerl ist und dass er sich in keinster Weise dafür interessiert was mit mir ist. Ja?“

„Ist gut. Aber ich bin trotzdem noch sauer, dass du nicht gekommen bist.“

Ich seufzte und gemeinsam verließen wir den U-Bahnhof. Inzwischen war es verdammt kalt geworden und ich fror erbärmlich in meinem kurzen Rock und mit den offenen Schuhen. Ich beneidete Phoebe sehr um ihre Winterboots und die dicke Hose, die sie trug.

Ich schlang meinen Mantel enger um mich und hielt

Phoebe das Törchen zu unserem kleinen Vorgarten auf. Das Haus, in dem wir seit dem Tod meines Vaters mit meiner Mutter zusammen wohnten, war klein und unscheinbar, aber gepflegt und sauber. Leider hatte mein Vater uns einen ganzen Berg Schulden hinterlassen, weswegen wir das Haus meiner Eltern hatten verkaufen müssen. Um es für uns alle einfacher zu machen, hatte ich daraufhin beschlossen, meine Wohnung mit Phoebe aufzugeben und mit meiner Mutter in diesen Vorort zu ziehen.

Von hier aus hatte ich es zwar erheblich weiter zur Arbeit, aber Phoebe mochte die neue Schule sehr und meine Mutter konnte sich jeden Nachmittag um sie kümmern, wenn sie nach Hause kam.

„Na komm schon", sagte ich zu Phoebe, die plötzlich stehengeblieben war und den Schneehügel ansah, den meine Mutter heute Morgen beim Schneeschippen aufgetürmt hatte.

„Mami?", fragte sie. „Kann ich dir morgen zeigen, was ich für die Schule gemacht habe?"

„Aber natürlich, Schätzchen. Ich habe Miss Mason schon gefragt. Ab zehn Uhr können wir rein. Ich freue mich schon riesig darauf. Vielleicht kommt Oma ja dann auch mit."

„Das wäre toll." Phoebe lächelte.

Morgen würde ich mit meiner Tochter in die Schule gehen. Komme, was wolle. Ich nahm mein Handy und stellte es auf Flugzeugmodus, um für niemanden mehr erreichbar zu sein. Phoebe hatte es verdient, Zeit mit ihrer Mutter zu verbringen und kein Mister Frost würde mich davon abhalten.

Kapitel 2

Leonard Frost

Es war bereits weit nach zweiundzwanzig Uhr, als ich mit den ganzen Papieren fertig war. Natürlich war immer noch Arbeit zu tun, aber ich beschloss, dass es für heute genug war. Auch wenn ich am liebsten in diesem Büro übernachtet hätte, musste ja irgendwann Schluss sein.

Mein Arzt hatte mich schon mehrfach darauf hingewiesen, dass ich unter Bluthochdruck litt und dringend mal einen Gang runterschalten sollte. Aber das konnte und wollte ich nicht. Solange ich mich mit Arbeit zuschüttete, hatte ich keine Zeit, über andere Dinge nachzudenken und das war eindeutig besser für mein Gefühlsleben.

Ich ging aus meinem Büro und kam an dem Schreibtisch von Miss King vorbei. Ich hatte eigentlich erwartet, dass sie immer noch hier sitzen würde, aber wie es aussah, hatten meine anderen beiden Sekretärinnen ihr geholfen, damit sie eher zu ihrer Tochter kam. Denn auf ihrem Tisch stapelten sich die Unterlagen, die ich ihr gegeben hatte. Fein säuberlich sortiert. Auf dem einen Stapel stand ‚Bitte unterschreiben, Mister Frost!'. Der daneben war unbeschriftet. ‚Die Guten ins Töpfchen, die Schlechten ins Kröpfchen', kam mir in den Kopf. Sie hatte wirklich gute Arbeit geleistet, wie sie es immer tat.

Drei Jahre war sie nun schon in meinen Diensten und es hatte selten Grund für mich gegeben, mich über Miss King zu beschweren. Der einzige Streitpunkt zwischen uns war immer ihre Tochter gewesen.

Ich sah das Bild auf ihrem Schreibtisch und nahm es in die Hand. Auf dem Foto musste Phoebe noch sehr jung sein. Vielleicht zwei oder drei. Sie saß bei ihrer Mutter auf dem Schoß, die sie eng an sich gedrückt hielt und beide lachten aus vollem Halse. Ich musste schlucken, als ich das ungeheure Glück erkannte, das den beiden aus allen Poren zu quellen schien. Der Anblick bereitete mir Übelkeit und ich stellte das Foto sogleich wieder zur Seite. Es war jammerschade, dass Miss King in ihrem Alter schon ein Kind hatte. Als ich sie vor drei Jahren eingestellt hatte, war ich fest davon ausgegangen, dass sie kinderlos war. Sie war erst dreiundzwanzig und unverheiratet gewesen. Wie hätte ich da denn ahnen sollen, dass sie bereits eine Tochter hatte.

Inzwischen war das Mädchen fast sieben und Miss King sah so jung und frisch aus wie eh und je. Normalerweise hätte ich schon längst versucht, sie zu verführen, wie ich es bei Sarah getan hatte. Aber nicht, wenn ich wusste, dass sie eine Tochter hatte.

Ich ertrug Kinder einfach nicht. Allein die Geräusche, die sie machten, ihr fröhliches Lachen und ihre lebensbejahende Art. All das war mir zuwider. Und aus irgendeinem Grund hatte sich diese Abneigung bei mir auch auf deren Mütter ausgeweitet. In der Regel sah man es Frauen an, dass sie Mütter waren. Bei Nancy hatte ich direkt gewusst, worauf ich mich einließ, aber bei Katie King nicht. Nein. Ganz gewiss nicht. Das

Eigenartige war nur, dass ich sie trotzdem so gerne in meiner Nähe hatte. Nicht, dass ich mich mit ihr unterhielt. Das nicht. Aber ich wusste sie gerne an meiner Seite.

Ehe mir klar wurde, was ich tat, schob ich einige der Papiere vom rechten Stapel auf den linken und umgekehrt. Dann schickte ich Katie eine Nachricht, dass einige der Papiere falsch geordnet waren und dass sie unbedingt morgen kommen musste, um das richtig zu stellen. Vermutlich würde sie denken, dass Sarah oder Nancy einen Fehler gemacht hatten und meinen Vorwurf nicht in Frage stellen. Denn dass sie selbst sich nicht vertan hatte, das wusste sie. Sie würde nie eine Arbeit abgeben, ohne sie dreimal kontrolliert zu haben. Dafür kannte ich sie gut genug.

Zufrieden ging ich in Richtung Ausgang und schloss gerade das Büro ab, als mein Handy klingelte. Ich rechnete damit, Katie dranzuhaben und ging dran, ohne auf den Namen zu schauen.

„Wir brauchen über das Thema gar nicht zu diskutieren", sagte ich. „Entweder Sie kommen morgen oder Sie können sich am Montag ihre Entlassungspapiere abholen."

„Wohow. Ich weiß ja, dass du nicht mehr gut auf mich zu sprechen bist, aber deswegen musst du mir noch lange nicht die Bruderschaft kündigen."

Ich stutzte. „Will?"

„Klar. Wer sonst? Es haben ja nur sehr wenig Leute deine private Handynummer."

Das stimmte. Ich war sehr vorsichtig damit, wem ich meine Handynummer gab. Von meinen Angestellten hatte nur Miss King sie, weil ich immer mal wieder private Aufträge für sie hatte. Sie war nicht einfach nur meine Sekretärin, sondern ich hatte sie als eine Art Mädchen für alles eingestellt. Sie machte ihre Arbeit sehr gut, aber ich bereute von Zeit zu Zeit, dass ich nicht Sarah für die Stelle genommen hatte, denn die hätte sich auch nicht gescheut, mal Jobs am Wochenende zu machen, wenn Katie Zeit mit ihrer Tochter verbringen wollte.

„Was willst du, Will?", fragte ich meinen Bruder mies gelaunt.

„Dich überreden, dass du dieses Jahr endlich mal an Weihnachten nach Hause kommst."

„Das kannst du vergessen und das weißt du genau."

„Ach komm schon, Leonard. Das Ganze ist jetzt vier Jahre her ..."

„Das ist mir sowas von scheißegal. Um Jennifer geht es doch gar nicht. Ich werde sicher nichts tun, was mich daran erinnert, dass ..."

Ich verstummte. Ich konnte es noch nicht einmal aussprechen.

„Ich weiß, dass du immer noch darunter leidest. Aber es bringt doch nichts, wenn du dem Leben einfach nur noch aus dem Weg gehst. Dadurch wird sich die Vergangenheit auch nicht ändern. Hast du endlich mal mit einem Therapeuten gesprochen?"

„Ich brauche keinen verdammten Therapeuten", stellte ich klar. „Ich brauche auch keinen Bruder, der auf meinem Herz herumtrampelt, nachdem man es mir aus der Brust gerissen hat. Ich brauche einfach nur meine Ruhe, um zu arbeiten."

„Wie oft soll ich dir noch sagen, dass es mir leidtut? Das war so nicht geplant. Nichts davon. Es ist einfach nur … passiert."

„Ja. Und genauso ist passiert, dass ich meiner verräterischen Familie den Rücken gekehrt habe."

„Also hast du wieder vor, die kompletten Feiertage in deinem Büro zu verbringen?"

„Allerdings."

Will seufzte langgezogen. „Das wird Mom gar nicht gefallen."

„Das muss es auch nicht."

„Du warst auch nicht auf Brians Taufe. Jennifer ist deswegen untröstlich. Sie hatte so gehofft, dass du dich für sie freust."

Ich knirschte mit den Zähnen und umfasste das Handy so fest, dass ich es fast zerdrückt hätte.

„Jennifer weiß genau, warum ich nicht gekommen bin und ihre Enttäuschung kann sie sich sonst wohin schieben."

Jennifer und Will hatten vor zwei Jahren ein Baby bekommen und ich war noch keinmal da gewesen, um sie zu besuchen. Mir war klar, dass meine Familie mich dafür verurteilte, aber ich konnte das einfach nicht. Auf keinen Fall. Sie alle wussten das und ich verlangte von ihnen, dass sie es auch respektierten.

„Also gut. Sollen wir uns vielleicht so mal wieder treffen, Leonard?", fragte Will. „Ich mache mir ehrlich Sorgen um dich und habe Angst, dass dein Herz irgendwann noch komplett zu Eis gefriert."

Ich schnaubte. „Keine Angst. Das ist längst passiert. War's das dann?"

Will zögerte. „Bist du sicher, dass du nicht mal wieder einen mit mir trinken willst? Wir müssten auch gar nicht viel reden. Vor allem nicht über …"

„Ich verzichte!"

Warum verstanden sie alle nicht, dass ich kein Interesse an ihrer Fürsorge hatte? Ich wollte das alles nicht. Nichts von dem. Ich brauchte einfach nur meine Ruhe und dann ging es mir bestens.

„Ist ja gut. Ist ja gut", sagte Will beschwichtigend. „Ich wollte dir nur sagen, dass wir dich vermissen. Wir alle. Wir sind immer noch deine Familie und werden es immer sein. Egal, was passiert, okay?"

Ich nickte, obwohl er es nicht sehen konnte und fuhr meinen Schutzschild hoch, um bloß keine Emotionen zuzulassen. Emotionen waren gefährlich. Sie konnten zu Glück führen, aber meist führten sie eher zu unendlichem Leid.

„Ich habe dich gehört. Kann ich dann jetzt nach Hause gehen? Ich bin seit vier Uhr morgens auf den Beinen."

„Klar. Und schlaf dich mal aus, Bruderherz."

Das würde ich ganz gewiss nicht tun. Denn sobald ich in irgendeiner Weise zur Ruhe kam, kamen die Erinnerungen und die Träume. Und die wollte ich auf gar keinen Fall zulassen. Daher schlief ich nie länger als fünf Stunden pro Nacht. Eher weniger. Und ich powerte mich jeden Morgen mit Sport aus.

„Bestell Mom und Dad liebe Grüße", hörte ich mich sagen, obwohl ich das eigentlich gar nicht wollte.

Meine Eltern sollten zur Hölle fahren. Genau wie Jennifer, Will und jeder andere, der es ja nur ach so gut mit mir meinte. Es war mir egal. Ich wollte davon nichts hören.

„Mach ich. Und Leonard?" Er machte eine Pause. „Halt die Ohren steif."

Damit legte er auf und ich steckte das Handy weg.

Entschlossenen Schrittes ging ich zum Aufzug, fuhr nach unten und ließ mir von Hank die Tür aufhalten.

„Ich wünsche Ihnen noch einen schönen Abend, Mister Frost", sagte er und ich gab ein Brummen zurück.

Sobald ich draußen war, zog ich meinen Mantel enger um mich. Es war verdammt kalt geworden und ich überlegte, ob ich mir ein Taxi nehmen sollte. Aber das wäre dann wohl doch zu viel des Guten gewesen. Mein Penthouse war nur zehn Gehminuten entfernt und so weit würde ich es wohl noch schaffen.

Es ärgerte mich, dass mein Bruder mich so aus dem Konzept gebracht hatte. Warum hatte er sich melden müssen? Das war komplett unnötig gewesen. Viel besser hätte er seine Sorgen und Nöte für sich behalten können. Dann hätten sich meine Gedanken jetzt nicht so im Kreis gedreht.

Ich schaute auf mein Handy, weil ich sehen wollte, ob sich wenigstens Katie gemeldet hatte, aber das war nicht der Fall. Sie würde es bestimmt nicht lustig finden, morgen noch einmal ins Büro zu müssen und ich wusste selbst nicht, warum ich sie so gerne quälte. Das war von Anfang an so gewesen. Ich halste ihr alle möglichen Arbeiten auf und wartete jedes Mal darauf, dass sie protestierte, nur um ihr dann mit dem Rauswurf zu drohen. Ich wusste, dass sie auf diesen Job angewiesen war und um die Sache noch auf die Spitze zu treiben, hatte ich ihr Gehalt in den letzten drei Jahren fast verdoppelt, weil ich so sicher sein konnte, dass sie nirgendwo anders eine so gut bezahlte Stelle finden würde.

Sie würde nicht riskieren, dass ich sie feuerte. Da war

ich mir sicher. Das gab mir Macht über sie und das wiederum gefiel mir ausgesprochen gut. Ich verstand selbst nicht, warum ich so einen Narren an ihr gefressen hatte. Dabei hatten wir uns in den drei Jahren, die sie für mich arbeitete, noch nie über Persönliches unterhalten oder auch nur über das Wetter. Es war immer nur um die Arbeit gegangen, aber dank Nancy wusste ich natürlich trotzdem so einiges über sie.

Sie war sechsundzwanzig Jahre alt, hatte eine kleine uneheliche Tochter und keinen Kontakt zu deren Vater. Ihre Eltern hatten ihr geholfen, das Kind großzuziehen und vor einem Jahr war ihr Vater an einem Herzinfarkt gestorben. Hobbys hatte Katie, soweit ich das einschätzen konnte, keine. Zumindest wusste Nancy davon nichts zu berichten. Offenbar drehte sich Katies gesamte Welt um Phoebe und darum, einen guten Job zu machen. Für mehr war vermutlich kein Platz.

Es ärgerte mich im Prinzip, dass Nancy und Sarah Katie geholfen hatten, schneller fertig zu werden und ich überlegte, was ich tun konnte, um die beiden dafür zu bestrafen, als ich von einem kleinen Mädchen angesprochen wurde.

„Mister? Mister. Hätten Sie einen Dollar für mich?"

Ich sah hinab und erkannte ein etwa achtjähriges Mädchen. Sie trug verlumpte Kleidung und ihr Gesicht war schmutzig und halb durch ihre Mütze und den Schal verdeckt. Sie hatte dunkle Haut und fast schwarze Augen, die mich schmerzlich an jemanden erinnerten, an den ich nicht denken wollte. Sie streckte mir ihre kleine Hand entgegen und sah mich flehentlich an.

Ich schluckte und machte einen Schritt von ihr weg.

„Scher dich weg", sagte ich zu ihr. „Wo ist deine Mutter?"

„Sie ist weg", erklärte das Mädchen. „Bitte. Ich lebe in Brownsville am Friedhof und weiß nicht, wie ich dorthin zurückkommen soll. Ich habe solchen Hunger. Und mir ist kalt."

„Dann geh in ein Armenhaus. Hier gibt es sicher eins in der Nähe."

„Können Sie mich da hinbringen?"

Ihre Stimme klang bittend, aber ich ertrug es kaum, sie nur anzusehen. Sie erinnerte mich so sehr an … Nein. Nicht an sie denken. Auf keinen Fall.

Ich wandte meinen Blick ab und wollte weitergehen. Ich konnte diesem Kind nicht helfen. Nein. Das stimmte nicht. Ich wollte ihr nicht helfen! Ich wollte überhaupt nichts mit ihr zu tun haben. Aber das Kind schien das nicht zu erkennen und hängte sich einfach an meinen Mantel.

„Bitte", schluchzte sie. „Ich hab solchen Hunger. Helfen Sie mir."

Ich schluckte erneut. Himmel. Wie konnte man solchen Augen widerstehen? Ich fühlte, wie mein Herz sich zusammenzog und schüttelte dann sowohl das Mädchen als auch mein Mitleid ab. Dieses Kind ging mich nichts an. Dafür gab es Sozialarbeiter.

„Verschwinde oder ich rufe die Polizei", drohte ich. Die würden sich dann wenigstens um das Mädchen kümmern.

Ich drehte mich weg und ging einfach weiter. Doch die Stimme des Mädchens stoppte mich noch einmal.

„Sie haben viel Kälte in Ihrem Herzen, Mister Frost", sagte sie und ein Schauer lief über meinen Rücken.

„Was hast du gesagt?", fragte ich und drehte mich zu ihr um. „Woher kennst du meinen Namen?"

„Ich kenne jeden Namen", beharrte sie. „Jeden Namen jedes Menschen. Und ich sehe, dass Sie dringend Hilfe brauchen."

Ich lachte freudlos. Bestimmt hatte das Kind mein Foto mal in irgendeiner Zeitung gesehen. Anders konnte es gar nicht sein. Aber was dieses Mädchen da behauptete, war blanker Unsinn.

„Ach ja?", fragte ich. „Und woher willst du das alles wissen?"

„Ich kann in Ihre Seele blicken, Mister Frost", erklärte sie und deutete auf meine Brust. „Ich habe gesehen, dass in Ihrem Herzen keine Wärme ist. Weder für Sie selbst noch für andere. Nicht einmal für Ihre Familie."

„Ich habe keine Familie", stellte ich klar.

„Ach nein? Und was ist dann mit Ihren Eltern und Ihrem Bruder? Soweit ich weiß, haben Sie auch einen kleinen Neffen."

„Ich habe keine eigene Familie", präzisierte ich. „Und ich verschwende hier meine Zeit."

Ich zog mein Portemonnaie hervor und holte einen Dollar heraus, den ich dem Mädchen vor die Füße warf.

„Hier", sagte ich. „Das war es doch, was du wolltest, nicht wahr?"

Das Mädchen schüttelte offenkundig enttäuscht den Kopf und machte sich nicht einmal die Mühe, sich nach dem Geld zu bücken. „Was ich eigentlich wollte, war herauszufinden, was für ein Mensch Sie geworden sind, Mister Frost. Und ich muss sagen, dass ich sehr enttäuscht bin."

Eine Gänsehaut zog sich über meinen Körper.

Warum redete so ein kleines Mädchen so geschwollen daher? Es wunderte mich, dass sie überhaupt schon solche Formulierungen kannte.

„Es ist meine Lebensaufgabe, Menschen zu enttäuschen", stellte ich klar. „Darin war ich immer schon gut."

„Das stimmt nicht. Früher haben Sie die Menschen nicht enttäuscht. Früher ..."

„Genug!", rief ich. Es konnte unmöglich sein, dass sie so viel über mich wusste. Ich war extra umgezogen und hatte einen kompletten Neuanfang gemacht, damit ich nicht mehr mit meiner Vergangenheit konfrontiert wurde. Und jetzt kam dieses neunmalkluge Kind und ...

„Es reicht mir. Ich verschwinde."

„Gehen Sie ruhig, Mister Frost. Ich habe genug gesehen. Ich weiß jetzt, dass es in Ihrem Herzen keine Wärme gibt und ich werde Ihnen zeigen, was geschieht, wenn Sie so weitermachen wie bisher."

Ich hörte gar nicht mehr hin. Ohne mich noch einmal nach dem Mädchen umzudrehen, ging ich weiter und war mehr als froh, als ich das Hochhaus erreicht hatte, in dem mein Penthouse lag. Es war lange her, dass mich das letzte Mal etwas so aus der Fassung gebracht hatte.

Ich trat ein und nickte dem Mann am Empfang zu, dessen Namen ich nicht einmal kannte. Hier wechselte einfach zu häufig das Personal.

„Guten Abend, Mister Frost", sagte der Mann. „Ganz schön kalt da draußen, was?"

Ich antwortete nicht, sondern steuerte direkt die Aufzüge an. Sobald ich in meinen eigenen vier Wänden war, ließ ich mich auf mein Sofa fallen und atmete tief durch. Was war das nur für ein außergewöhnliches Mädchen gewesen? Und warum beschäftigte es mich so?

Kapitel 3

Katie

Der nächste Morgen begann ganz wundervoll. Phoebe weckte mich um acht Uhr und ich stellte überrascht fest, dass sie zusammen mit meiner Mutter schon Frühstück gemacht hatte.

„Guten Morgen“, sagte meine Mutter und tastete nach meiner Hand, um sie zu drücken.

Es freute mich, dass sie sie sofort traf, denn ihre Sehfähigkeit hatte in den letzten Jahren sehr stark abgenommen und lag jetzt nur noch bei circa zehn Prozent. Die Ärzte sagten, dass sie wohl irgendwann komplett blind werden könnte, weshalb sie sich schon seit einiger Zeit mit Blindenschrift und der Verwendung eines Gehstocks beschäftigte. Ihren Job als Krankenschwester konnte sie schon seit einiger Zeit nicht mehr ausführen, somit war ich seit dem Tod meines Vaters die Einzige, die noch Geld nach Hause brachte.

„Hast du gut geschlafen, mein Engel?“, fragte meine Mutter und lächelte mich an.

Ich gähnte ausgiebig und setzte mich dann hin. „Wunderbar“, bestätigte ich. „Ich habe geschlafen wie ein Stein.“

„Das freut mich ja. Dann setz dich mal hin und wir frühstücken gemeinsam.“

Ich nickte und griff nach dem Kaffee. Früher hatte ich

das Zeug nie getrunken, aber seit ich für Mister Frost arbeitete, war mir praktisch nichts anderes übriggeblieben, als mich daran zu gewöhnen. Immerhin arbeitete ich oft bis tief in die Nacht hinein und brauchte dann etwas, um wach zu bleiben.

Ich trank einen großen Schluck und lächelte meiner Mutter zu. „Danke, Mom. Und? Hast du entschieden, ob du uns begleiten willst?"

„Aber natürlich werde ich das. Ich kann mir doch unmöglich die Gelegenheit entgehen lassen, mir das Kunstwerk meiner geliebten Enkelin anzusehen."

Phoebe grinste. „Es ist richtig toll geworden", sagte sie voller Stolz. „Miss Mason hat gesagt, es wäre das Beste der ganzen Klasse."

„Toll. Wow. Da bin ich ja mal gespannt."

„Das kannst du auch sein. Es ist wunderschön. Wirklich."

„Was genau habt ihr denn überhaupt gemacht, Kleines?"

Phoebe verdrehte die Augen. „Mommy. Hast du dir das etwa nicht gemerkt? Das hab ich dir doch schon viermal erklärt."

„Tut mir leid. Ich ... ich hatte so viel mit der Arbeit zu tun. Wäre möglich, dass es mir da entfallen ist."

Meine Mutter sah mich traurig an. „Ach, Engelchen. Aber an sowas erinnert man sich doch. Es geht um Schneeskulpturen. Die Lehrer haben es genutzt, dass es dieses Jahr schon so früh kalt geworden ist und arbeiten mit einigen der älteren Kinder seit drei Wochen an Schneeskulpturen."

„Okay. Das klingt ja toll. Ich freue mich schon riesig darauf, sie zu sehen. Am besten beeilen wir uns mit dem Frühstück und gehen dann los", sagte ich, weil ich irgendwie das Gefühl hatte, dass sonst wieder etwas dazwischenkommen würde. Und das wollte ich auf gar keinen Fall zulassen.

Zwei Kaffee und ein Brötchen später waren wir auf dem Weg zu Phoebes Schule. Natürlich auch wieder mit der U-Bahn, weil das alte Auto meiner Mutter in der Werkstatt war. Es war so frustrierend, dass bei uns das Geld inzwischen vorne und hinten nicht mehr reichte. Und das, obwohl ich für eine Sekretärin verdammt gut verdiente. Aber die Miete fraß einen Großteil meines Einkommens auf und die Gebühren für Phoebes Schule waren fast schon unverschämt hoch.

Mir war klar, dass ich Phoebe auch in eine billigere Schule hätte schicken können, aber das wollte ich nicht. Mir war es wichtig, dass sie nicht in die falschen Kreise geriet und außerdem die besten Voraussetzungen fürs Lernen bekam und dabei war eine gute Schule einfach Pflicht.

Als wir beim Schultor ankamen, war dieses bereits offen und ich war mehr als erleichtert, dass nun nicht mehr viel passieren konnte, was mich daran hindern könnte, mein Versprechen einzuhalten.

„Kommt mit, kommt mit", rief Phoebe aufgeregt und zerrte an meiner Hand. „Da hinten ist es. Kommt schon."

Sie strahlte über das ganze Gesicht und ich warf meiner Mutter einen glücklichen Blick zu.

„Auch wenn du nicht immer die richtigen Entscheidungen in deinem Leben getroffen hast: Mit Phoebe hast du alles richtig gemacht", sagte sie und drückte meinen Arm ermutigend.

Ich wusste, dass sie damit auf Mister Frost anspielte. Mir war klar, dass es ihr nicht gefiel, wie viel ich bei ihm arbeiten musste. Aber am Anfang hatte ich es als Herausforderung gesehen und inzwischen war ich einfach auf den Job angewiesen. Doch jetzt gerade wollte ich nicht an meinen Chef denken, sondern einfach nur die Zeit mit meiner Tochter genießen.

Ich lief Phoebe hinterher und staunte nicht schlecht, als ich sah, dass auf dem Schulhof ein Pavillon aufgebaut worden war, unter dem lauter einzelne Schneeskulpturen standen.

Sie waren alle so unterschiedlich, dass es schon faszinierend war. Viele der Schüler hatten sich an Burgen oder Schlössern versucht, aber einige waren auch kreativer gewesen. Ich sah Autos, Hunde und Bäume. Einige der Kinder hatten nur lustlos etwas zusammengematscht. Andere hingegen hatten sich sehr viel Mühe gegeben. Ich hätte gar nicht erwartet, dass man mit Schnee so viele tolle Details einbauen konnte. Das war nicht zu vergleichen mit den Sandmatschburgen, die man manchmal am Strand fand, sondern das waren kleine Kunstwerke.

Besonders staunte ich allerdings, als ich endlich bei meiner Tochter angekommen war, die mit roten Wangen neben einer Schneeskulptur stand, die mir regelrecht den Atem raubte.

Ich schluckte. „Das hast du gemacht?", hakte ich nach.

Sie nickte. „Miss Mason hat mir geholfen", sagte sie und sah mich erwartungsvoll an, aber ich war im ersten Moment einfach nur perplex. Die Figur stellte einen Menschen dar und sie war unglaublich detailgetreu. Es war kein normaler Schneemann aus drei Schneekugeln, sondern der Schnee hatte tatsächlich die Form eines richtigen Menschen, der vorgebeugt auf einer Kiste saß. Alles war da. Zwei Arme, zwei Beine, Kopf, Hals, Rumpf. Es fehlte zwar das Gesicht, aber alles andere war da.

Wie hatte meine Tochter das geschafft? Sie war doch noch ein Kind, um Himmels willen.

„Wie … wie hast du das gemacht?", fragte ich bewundernd.

„Ich habe einfach getan, was Miss Mason uns gesagt hat. Schau, da kommt sie schon."

Ich drehte mich um und war sehr verwundert, dass Phoebes Kunstlehrerin tatsächlich an einem Samstag in die Schule gekommen war. Warum tat sie das? Wenn es nicht um meine Tochter gegangen wäre, dann wäre ich ganz bestimmt nicht hergekommen, sondern hätte den Tag lieber irgendwo anders verbracht.

„Wie ich sehe, haben Sie das Meisterwerk Ihrer Tochter bereits gesehen. Wie gesagt. Es ist das Beste von allen."

Es war weit mehr als das Beste. Es war atemberaubend und ich konnte kaum fassen, dass meine Tochter das tatsächlich selber geschafft haben sollte.

„Die Proportionen passen perfekt und Ihre Tochter hat viele kleine Einzelheiten mit eingebaut. Ab und zu musste ich ihr helfen. Genau wie bei den anderen Schülern auch. Aber das Meiste haben die kleinen

Künstler selbst gemacht."

„Aber... wie hat sie das denn gemacht?"

„Oh. Eine Schneeskulptur wird nicht direkt an einem Stück gemacht, sondern die Kinder arbeiten schon seit Wochen daran. Und zwar täglich. Zwischendurch haben wir alles immer wieder mit Wasser eingesprüht, damit es über Nacht friert und der Schnee besser hält. Die Kleinigkeiten wären sonst bestimmt längst in sich zusammengebrochen."

Ich nickte. „Und wen soll das darstellen?"

„Mommy", sagte Phoebe enttäuscht. „Das ist doch logisch. Sieh noch mal genauer hin. Das ist Daddy."

Mit großen Augen sah ich sie an und dann wieder den Mann aus Schnee vor mir. Er hatte kein Gesicht, weil Phoebe ihren Vater nie gesehen hatte und es machte mich unheimlich traurig, dass sie versucht hatte, sich einen Vater aus Schnee zu bauen. Das Einzige, was sie von Tobias besaß, war eine Schneekugel, die er mir zum Abschied dagelassen hatte.

„Was Ihre Tochter da geleistet hat, ist Wahnsinn", erklärte mir die Lehrerin. „So etwas schaffen Kinder sonst nur nach jahrelangem Üben. Ich bin hier, weil gleich die lokale Presse vorbeikommen will, um die Skulpturen zu fotografieren. Insbesondere aber diese hier. Ich unterrichte Ihre Tochter jetzt seit zwei Jahren und sie hat immer hervorragende Arbeit geleistet. Aber das hier ist wirklich beeindruckend. Sie werden doch bleiben, um ihrer Tochter mit den Reportern beizustehen, oder?"

„Ob ich bleiben werde?", fragte ich. „Na selbstverständlich werde ich bleiben."

Ich würde an der Seite meiner Tochter stehen,

während sie von den Reportern fotografiert wurde und es gab ganz sicher nichts, was mich daran hindern konnte.

Kapitel 4

Leonard Frost

Ich beschloss, dass ich Katie ein paar Stunden mit ihrer Tochter lassen würde. Daher schlief ich ausnahmsweise bis sieben Uhr statt bis fünf. Dann ging ich joggen, trainierte eine Stunde in meinem privaten Fitnessbereich und begab mich danach unter die Dusche. Es tat gut, mich richtig auszupowern und während ich Sport machte, vergaß ich sogar fast die eigenartige Begegnung, die ich am Vortag gehabt hatte. Aber während das Wasser über meinen Körper lief, kam leider die Erinnerung an das Kind zurück, das mich am Vorabend so sehr aus dem Konzept gebracht hatte.

Ich stellte das Wasser aus, trocknete mich ab und betrachtete mich dabei selbst im Spiegel. Ich wusste, dass mein Körper makellos war. Gut durchtrainiert und fehlerfrei. Ich hatte weder eine schiefe Nase noch irgendwo ein Gramm Fett zu viel am Körper. Und trotzdem war ich nie zufrieden mit mir.

Ich wandte den Blick ab und ging zu meinem Kleiderschrank, in dem ich ausschließlich Anzüge und Sportkleidung hängen hatte. Jeans und T-Shirt trug ich nie in der Öffentlichkeit, weil ich mich damit zu Tode geschämt hätte. Das war nicht immer so gewesen, aber Zeiten änderten sich.

Ich zog mich an, rückte meine Krawatte zurecht und frühstückte dann im Stehen. Erst danach griff ich zum

Handy und wählte Katies Nummer. Genug gefaulenzt. Jetzt war es Zeit für die Arbeit.

Es dauerte einen Moment, bis mir eine elektronische Stimme mitteilte, dass Katie nicht erreichbar war. Das war ungewöhnlich. Katie ging sonst immer dran. Ich war mir ziemlich sicher, dass ich sie sogar schon mal auf der Toilette erwischt hatte. Aber sie hatte noch nie versucht, einen meiner Anrufe zu ignorieren. Immerhin wusste sie genau, wie sehr ich es hasste, ignoriert zu werden. Es gab nichts Schlimmeres für mich.

Ich versuchte es noch mal, aber als auch das nicht funktionierte, beschloss ich einfach, der Dame einen Besuch abzustatten. Ich wusste zwar nicht, wo sie war, aber ich war überzeugt, dass Nancy mir darüber Auskunft erteilen konnte. Wäre doch gelacht, wenn ich Katie nicht ans Arbeiten kriegen würde.

*

Eine halbe Stunde später stellte ich meinen Mercedes auf dem Parkplatz von Phoebes Schule ab. Ich hätte mir ja denken können, dass Katie mit ihrer Tochter unterwegs war. Aber nicht mehr lange. Dafür würde ich schon sorgen. Auf dem Weg hierher hatte ich mir nämlich noch einige andere Aufgaben für sie ausgedacht, um sie möglichst lange zu beschäftigen.

Als ich auf den Schulhof trat, war ich überrascht, wie viel hier an einem Samstag los war. Das kam mir sehr ungewöhnlich vor und ich fragte mich, ob heute ein besonderes Event stattfand.

Dass dies der Fall sein musste, wurde mir spätestens

klar, als ich die Reporter sah und einen Moment überlegte ich tatsächlich, umzudrehen und wieder nach Hause zu gehen. Ich konnte auch alleine arbeiten. Ich musste Katie nicht hier wegholen und sie zum Arbeiten zwingen, aber aus irgendeinem Grund ging ich trotzdem weiter.

Offenbar hatten die Kinder Schneeskulpturen erbaut, denn mehrere Reporter hüpften wie aufgescheuchte Hühner um die Figuren herum und schossen Fotos. Besonders schien sie allerdings eine ganz bestimmte Skulptur zu faszinieren. Ich bahnte mir einen Weg durch die Leute und hätte fast gelächelt, als ich Katie entdeckte. Sie stand neben ihrer Tochter und hatte stolz eine Hand auf ihre Schulter gelegt. Sie sah anders aus als sonst im Büro. Sie trug Jeans und Schneeboots. Außerdem war sie fast ungeschminkt und hatte ihr tolles blondes Haar unter einer Pudelmütze versteckt. Der rote Parka stand ihr hervorragend und die leichte Röte in ihrem Gesicht zeigte, wie aufgeregt sie war.

Genau wie ihre Tochter, aber die interessierte mich nicht sonderlich. Ich ließ zu, dass Katie noch ein paar Fragen beantwortete, bevor ich mich von hinten an sie heranschlich und ihr auf die Schulter tippte.

Sie drehte sich um und erblasste, sobald sie mich sah.

„Mister Frost", sagte sie perplex. „Was machen Sie denn hier?"

„Sie daran erinnern, für wen Sie arbeiten", sagte ich und winkte sie hinter mir her.

Sie flüsterte ihrer Tochter etwas zu und folgte mir dann in Richtung Parkplatz.

„Mister Frost. Was soll das? Was haben Sie vor?", fragte sie. „Woher wussten Sie überhaupt, wo ich bin?"

„Ich habe meine Quellen."

„Aber Sie können doch nicht einfach hier auftauchen und …"

Ich sah mich nach ihr um und funkelte sie an. „Sie sind ja nicht ans Telefon gegangen. War das etwa Absicht?"

Dass sie schwieg, war für mich eindeutiger als jede Ausrede. Sie hatte mich ignoriert.

„Ich hole Sie ab, um Sie zur Arbeit zu bringen", erklärte ich ernst. „Ich brauche Ihre Hilfe."

Sofort blieb Katie stehen und stemmte die Hände in die Hüften. „Das können Sie vergessen. Ich habe heute frei und werde meine Tochter nicht mit den ganzen Reportern allein lassen."

Ich seufzte tief und sah sie mitleidig an. „Miss King. Es tut mir ja wirklich leid, dass Sie sich schon etwas vorgenommen haben, aber …"

„Nein. Jetzt hören Sie mir zu, Mister Frost. Seit drei Jahren schufte ich mir das Kreuz schwach für Sie. Ich mache so viele Überstunden und arbeite so häufig am Wochenende, dass ich schon ewig keine Zeit mehr mit meiner Tochter verbracht habe. Selbst den letzten gemeinsamen Urlaub habe ich Ihretwegen abgesagt."

Das stimmte. Ich hatte ihr das Geld, das sie dafür ausgegeben hatte natürlich zurückgezahlt, aber mir war klar, dass ich die verlorene Zeit nicht in Geld aufwiegen konnte. Doch das wollte ich auch gar nicht.

„Ich habe heute frei", erklärte Katie ernst. „Und ich werde mir das nicht kaputtmachen lassen."

„Ist das Ihr letztes Wort?" Ich trat näher an sie heran und sah fragend auf sie hinunter.

Sie schluckte. Ganz offensichtlich machte meine Nähe

sie nervös. „Allerdings", sagte sie dann und reckte das Kinn. „Ich verdiene diesen freien Tag."

So gleichmütig wie möglich zuckte ich mit den Schultern. „Also gut", sagte ich. „Kein Problem. Wenn Sie mir in einer Notlage nicht helfen wollen, dann ist das für mich leider ein Kündigungsgrund."

Ungläubig sah Katie mich an. Bestimmt dachte sie gerade über ihre Rechte nach und darüber, ob ich das überhaupt durfte.

„Ich habe genug Geld, um Ihnen eine Abfindung zu bezahlen. Also. Wenn Sie jetzt nicht mitkommen, dann brauchen Sie Montag gar nicht erst zurück zur Arbeit kommen."

Ich sah, wie es in ihrem Kopf ratterte und war mir sicher, dass sie die richtige Entscheidung treffen würde. Sie brauchte diesen Job und den würde sie nicht wegen ihrer Tochter aufs Spiel setzen. Das konnte ich mir nicht vorstellen.

Sie sah sich nach Phoebe um und seufzte dann, bevor sie mir entschlossen in die Augen sah. „Tut mir leid, Mister Frost. Ich kann meine Tochter heute nicht allein lassen. Wenn Sie meinen, mich deswegen feuern zu müssen, dann tun Sie das. Aber es gibt im Leben einfach Dinge, die wichtiger sind als Geld."

Mit diesen Worten ließ sie mich stehen und ging zurück zu den Reportern. Eine Weile starrte ich ihr einfach nur fassungslos hinterher. Am liebsten wäre ich ihr hinterhergerannt und hätte sie zu meinem Auto gezerrt, aber das wäre sowohl unverhältnismäßig als auch völlig verrückt gewesen. Daher riss ich mich zusammen und stieg in meinen Mercedes.

Ich war unglaublich wütend und wünschte mir einen Boxsack, um darauf einzuschlagen. Ich war mir so sicher gewesen, dass sie einknicken würde. Keinen Moment hatte ich daran gezweifelt, dass ich Katie dazu bringen würde, heute zu arbeiten. Aber sie hatte mich einfach stehen gelassen und jetzt hatte ich keine andere Wahl, als sie tatsächlich zu feuern. Wenn ich es nicht tat, dann würde man mich in der Firma nie wieder ernst nehmen und mein Ruf war so ziemlich alles, was ich noch hatte.

Verdammt. Wie hatte mir so eine Fehleinschätzung der Lage nur passieren können? Ich hatte ja gewusst, dass Katie ihre Tochter liebte, aber bisher hatte sie auch jedes Mal klein beigegeben, wenn es um die Arbeit ging. Hatte ich den Bogen überspannt? Vermutlich. Aber vielleicht war es auch besser, wenn ich sie feuerte, denn es war offensichtlich, dass Katie mich viel zu sehr interessierte, obwohl ich mir fest vorgenommen hatte, mich nie wieder für jemanden zu interessieren. Meine Fixierung auf sie war ungesund und es wurde Zeit, dass ich daran etwas änderte.

Ich startete den Wagen und fuhr vom Parkplatz herunter. Heute war es wieder verdammt glatt und in diesem Vorort von New York war offenbar noch nicht gestreut worden. Was für ein Dreckskaff. Ich fragte mich, warum Katie aus ihrer schicken Wohnung hierhergezogen war. Aber sie würde schon ihre Gründe haben.

Ich fuhr um eine Kurve und auf eine große Kreuzung zu. Die Ampel sprang von Rot auf Gelb, sodass ich nicht bremsen brauchte. Doch kurz bevor ich die grüne Ampel erreicht hatte, trat plötzlich ein Kind auf die Straße.

Offenbar hatte es nicht gesehen, dass die Fußgängerampel schon rot war, denn es lief einfach in aller Seelenruhe hinüber.

„Scheiße", schimpfte ich und drückte gleichzeitig auf Hupe und Bremse.

Das Mädchen blieb mitten auf der Straße stehen und sah mir genau ins Gesicht. Da erkannte ich sie. Es war dasselbe Kind, das mir gestern Abend etwas über die Kälte in meinem Herzen erzählt hatte. Dasselbe Kind, das mir eine Lektion versprochen hatte.

Mein Auto kam ins Schlingern und ich reagierte nur noch mechanisch. Ich riss das Lenkrad zur Seite, um dem Mädchen auszuweichen und geriet in den Gegenverkehr. Von vorne kam ein LKW und ich hörte nur noch das laute Hupen. Ich sah die hellen Scheinwerfer vor mir, spürte den Aufprall und fühlte, wie mir der Airbag ins Gesicht knallte. Dann wurde alles um mich herum dunkel.

Kapitel 5

Katie

Gefeuert. Mister Frost hatte mich tatsächlich gefeuert. Ich konnte es immer noch nicht so recht fassen und erst zwei Tage später, als ich eigentlich zur Arbeit hätte erscheinen müssen, wurde mir die Tragweite dessen so richtig bewusst. Ich hatte gestern und vorgestern eine tolle Zeit mit meiner Tochter verbracht. Wir hatten ihre Schneeskulptur in unseren Garten bringen lassen, weil die Schule sie nicht mehr lange dort stehenlassen wollte. Glücklicherweise stand jede Skulptur auf einer Palette. Insofern war es möglich gewesen, sie von einem Gabelstapler zu uns bringen zu lassen. Ich hatte erst befürchtet, dass sie den Transport nicht überstehen würde, aber sie stand immer noch. Beziehungsweise saß noch auf ihrer Kiste. Offenbar war es kalt genug, sodass sie nicht auseinander fiel.

Meine Mutter war so nett gewesen und hatte sich heute Morgen um Phoebe gekümmert, damit ich etwas länger schlafen konnte. Montags brachte sie Phoebe immer zur Schule, weil sie danach noch zur Krankengymnastik musste.

Am Samstag war ich noch davon überzeugt gewesen, dass ich genau die richtige Entscheidung getroffen hatte und dass es gut gewesen war, dass ich Mister Frost die Stirn geboten hatte. Aber jetzt war ich mir dessen nicht mehr so sicher. Verdammt. Was hatte ich nur angestellt?

Natürlich war Phoebe glücklich gewesen, dass ich sie mit den Reportern nicht allein gelassen hatte, aber zu welchem Preis? Ich war arbeitslos. So viel war klar, denn mein Chef war niemand, der leere Drohungen aussprach. Wenn er jemanden entließ, dann meinte er es auch ernst und ich war überzeugt, dass es nicht lange dauern würde, bis mir die Kündigung ins Haus geflattert kam. Vermutlich per Einschreiben, damit ich auch bloß nicht behaupten konnte, ich hätte sie nicht bekommen.

Verdammt. Ich hatte das nicht durchdacht. Ich hatte einfach nur reagiert und aus dem Bauch heraus entschieden, dass ich mir das von meinem Chef nicht mehr länger gefallen lassen wollte. Und nun hatte ich den Salat.

Meiner Mutter hatte ich nichts von meiner bevorstehenden Kündigung erzählt, weil sie sonst vermutlich nur durchgedreht wäre. Immerhin waren wir auf mein Gehalt angewiesen. Stattdessen hatte ich das Ganze für mich behalten und den kompletten Sonntag damit verbracht, zusammen mit Phoebe eine Art Mauer rund um ihren Schneemenschen zu bauen. Denn als Schneemann mochte ich ihn gar nicht bezeichnen. Schneemänner bestanden nur aus drei dicken Schneekugeln und waren noch dazu meistens dreckig, weil Erde und Gras beim Rollen am Schnee kleben geblieben war. Aber dieser Schneemann war einfach nur perfekt. Eine unglaublich tolle Abbildung eines Menschen und ich konnte nur hoffen, dass es nicht so bald wieder wärmer werden würde und die Skulptur am Ende schmolz.

Unwillig richtete ich mich in meinem Bett auf, nur um kurz darauf wieder zurück auf mein Kissen zu sinken. Warum sollte ich überhaupt aufstehen, wenn ich keinen Job mehr hatte? Dafür gab es keinen logischen Grund. Daher drehte ich mich noch mal um und wollte gerade meine Augen wieder zumachen, als mein Handy klingelte. Es war Nancy, die mir vermutlich ihr Beileid aussprechen wollte. Unwillig ging ich dran.

„Hey, Nancy."

„Katie. Wo bist du?"

„Wo wohl? Zu Hause im Bett."

„Warum das denn? Bist du betrunken?"

„Unsinn. Ich sehe nur einfach keinen Sinn darin aufzustehen, wenn ich keinen Job mehr habe."

„Keinen Job mehr? Wovon redest du denn, zum Teufel. Verdammt, Katie. Du musst unbedingt herkommen. Hier geht alles drunter und drüber. Mister Frost ist nicht zur Arbeit erschienen und so langsam mache ich mir Sorgen."

Ich setzte mich auf. Mister Frost war noch nicht im Büro? Und das um halb zehn? Das war mehr als ungewöhnlich. Er war normalerweise der Erste, der um sieben Uhr da war und der Letzte, der um zweiundzwanzig Uhr ging. Dass er an einem Montag zu spät war, kam eigentlich nie vor.

„Bestimmt ist er krank", riet ich, weil es die einzige plausible Erklärung für mich war.

„Er ist in den vier Jahren, die ich bei ihm arbeite, noch nie krank gewesen. Und wenn, dann ist er trotzdem zur Arbeit gekommen."

Das stimmte. Ich erinnerte mich daran, dass er einmal die komplette Belegschaft mit Grippe angesteckt hatte, weil er sich geweigert hatte, zu Hause zu bleiben. Ich war damals die Einzige gewesen, die verschont geblieben war, weil ich mich gegen die Grippe hatte impfen lassen.

„Vielleicht ist es ja diesmal was Schlimmeres", sagte ich nachdenklich. „Vielleicht liegt er im Bett und kann nicht aufstehen."

„Dann müsste es aber schon was richtig Schlimmes sein", erwiderte Nancy. „Kannst du nicht mal nach ihm sehen? Du bist die Einzige, die seine private Handynummer hat und seine Adresse kennt."

Eigentlich war es das Letzte was ich wollte, Mister Frost anzurufen oder bei ihm vorbeizufahren. Immerhin hatte er mir gekündigt und ich sah gar nicht ein, warum ich mich dann noch um ihn sorgen sollte. Aber ich fühlte mich auch für meine Kollegen verantwortlich. Für gewöhnlich zogen wir alle an einem Strang.

„Also gut", sagte ich. „Ich werde ihn anrufen."

„Und kommst du danach zur Arbeit?"

„Weiß ich noch nicht."

„Schon klar. Vielleicht erwartet er ja von dir, dass du seine Krankenschwester spielst. Es wundert mich eigentlich, dass er dir noch nie Geld dafür angeboten hat, dass du die Beine für ihn breitmachst."

„Nancy!" Ich war schockiert.

„Tut mir leid. Ich weiß ja, da bist du empfindlich. Aber Mister Frost scheint doch wirklich zu glauben, dass er sich alles kaufen kann."

Das stimmte. ‚Jeder Mensch hat einen Preis', hatte er mal gesagt. ‚Man muss nur herausfinden wie hoch er ist.'

Was hätte ich dafür verlangt, mit Leonard Frost ins Bett zu gehen? Ich hatte keine Ahnung. Wenn man Sarah Glauben schenken konnte, dann war er gar kein so schlechter Liebhaber, aber das war es nicht, was ich mir von einem Mann erhoffte. Ich wollte keine Affäre, sondern eine richtige Beziehung. Einen Mann, der mich liebte und bereit war, für Phoebe ein Vater zu sein. Aber so jemanden zu finden war gar nicht so einfach.

„Also, ich rufe jetzt Mister Frost an und sage dir nachher Bescheid, was ich herausgefunden habe. Okay?"

„Einverstanden. Aber lass dir nicht zu viel Zeit. Du weißt ja: Ohne dich läuft der Laden hier nicht."

Ich verabschiedete mich von Nancy und legte dann auf. Oh Mann. Was hatte ich mir da nur wieder für einen Schlamassel eingehandelt?

Unwillig setzte ich mich auf und wählte dann die Nummer meines Chefs. Vermutlich würde er mich anbrüllen, weil ich es überhaupt wagte, ihn anzurufen, obwohl er mich gefeuert hatte. Aber das musste ich wohl in Kauf nehmen.

Es tutete. Einmal, zweimal, dreimal. Dann ging die Mailbox dran. Ich überlegte, ihm eine Nachricht zu hinterlassen, entschied mich dann aber dagegen. Was hätte ich auch sagen sollen? ‚Hallo, hier ist Katie. Sie haben mich zwar gefeuert, aber ich wollte trotzdem gerne wissen, warum Sie nicht zur Arbeit gekommen sind?' Das klang doch reichlich eigenartig. Mister Frost hatte bestimmt seine Gründe und die gingen mich überhaupt nichts mehr an.

Also stand ich auf, ging unter die Dusche und frühstückte. Aber das Telefon schien mich die ganze

Zeit über vorwurfsvoll anzustarren, so als wäre es meine Schuld, dass mein Chef nicht mehr erreichbar war.

Missmutig nahm ich es wieder zur Hand und versuchte es erneut. Wieder ging keiner ran und auch beim dritten Mal nicht. Und obwohl ich es nicht wollte, begann ich langsam, mir Sorgen zu machen. Was, wenn ihm tatsächlich etwas zugestoßen war? Soweit ich wusste, hatte Mister Frost hier in der Stadt weder Familie noch Freunde. Was kein Wunder war, so sehr, wie er jeden vor den Kopf stieß. Es bedeutete aber auch, dass es vermutlich niemandem auffallen würde, falls er mit einem Herzinfarkt in seinem Penthouse lag.

Ich überlegte noch einen Moment, schnappte mir dann aber meinen Mantel, schlüpfte in meine Schneeboots und trat ins Freie. Ich zog die Tür hinter mir zu, schloss ab, setzte dann meine Mütze auf und zog meine Handschuhe an. Es hatte wieder leicht angefangen zu schneien und ich war froh, dass wir für Phoebes Schneemenschen auch in unserem Garten einen Pavillon aufgebaut hatten. Sonst wäre die Skulptur innerhalb kürzester Zeit eingeschneit gewesen. Ich ging an der Figur vorbei und konnte nicht widerstehen, noch mal einen Blick darauf zu werfen. Sie hockte nach wie vor in der Denkerpose da wie gestern und ich fand es erstaunlich, dass sie den Transport so gut überstanden hatte.

Es war kein Wunder, dass die Reporter so fasziniert gewesen waren. Denn wann schaffte es eine Sechsjährige schon, eine solche Skulptur zu bauen? Es war fast, als hätte sie von irgendjemandem Hilfe gehabt. Abgesehen von ihrer Lehrerin natürlich.

Ich wollte mich schon von der Skulptur abwenden, um mich auf die Suche nach Mister Frost zu begeben, als ich plötzlich ein Summen in der Luft spürte. Es hörte sich an, als würden ganz viele kleine Insekten auf mich zufliegen und ich machte einen Schritt zurück, um das Geräusch auszumachen.

Und dann sah ich es.

Es war wie eine Kugel aus blauem Licht, die von der Stadt her auf unser Haus zuflog. Sie war nicht groß. Viel zu klein für einen Kometen und außerdem viel zu langsam. Als sie näher kam, kriegte ich es mit der Angst zu tun und bewegte mich immer weiter nach hinten. Da ich nicht danach schaute, wohin ich ging, stolperte ich über einen Schneehaufen und plumpste rücklings auf den Hintern. Gleichzeitig konnte ich meinen Blick nicht von dem Licht wenden. Was war das für ein Ding?

Es war ein Jammer, dass um diese Uhrzeit auf der Straße rein gar nichts los war. Alle Leute in der Nachbarschaft waren berufstätig und die Kinder waren in der Schule oder im Kindergarten.

Insofern war ich die Einzige, die Zeuge davon wurde, wie das Licht weiter auf unser Haus zuflog. Es wurde schneller und mit einem Aufleuchten krachte es genau in unseren Pavillon.

Das Licht blendete mich und ich hob eine Hand, um mich davor zu schützen. Es dauerte einen Moment, bis ich wieder richtig sehen konnte und ich fürchtete schon, dass die Lichtkugel meinen halben Garten zerstört hätte - aber so war es nicht. Ich blinzelte und schüttelte den Kopf, weil ich kaum fassen konnte, dass in meinem Garten jetzt kein Krater klaffte, sondern alles so aussah wie bisher. Der Pavillon, meine Hecke und …

Etwas an der Schneeskulptur war anders. Hatte sie nicht vorhin noch den Kopf auf einer Hand aufgestützt gehabt? Jetzt hing ihr Kopf nach unten und sie hatte beide Hände an den Kopf gelegt.

„Oooooooh. Mein Kopf", stöhnte jemand und Grauen erfasste mich.

Denn im nächsten Moment erhob sich die Schneefigur, die ganz und gar nicht mehr aussah wie eine Skulptur, sondern so lebendig wirkte wie ein echter Mann. Ein nackter Mann, um genau zu sein. Die Figur rieb sich das Gesicht und sah dann zu mir.

„Miss King. Gut, dass Sie da sind. Besorgen Sie mir doch bitte eine Kopfschmerztablette."

Ich erkannte das Gesicht, zweifelte einen Moment an meinem Verstand und fing dann an zu schreien.

Kapitel 6

Leonard Frost

Katie stand vor mir und schrie. Ich hatte keine Ahnung, warum sie das tat, aber es war sehr schmerzhaft für meine Ohren, daher ging ich schnell auf sie zu und hielt ihr eine meiner Hände vor den Mund, um ihren Schrei zu ersticken. Doch die Panik in ihren Augen schien eher noch größer zu werden, denn sie stemmte sich gegen meine Brust und versuchte, sich von mir zu befreien.

„Miss King. Katie!", rief ich. „Nun beruhigen Sie sich doch. Ich bin's nur. Ihr Chef. Wissen Sie noch?"

Mit großen Augen sah sie mich an, hörte aber zumindest auf, gegen mich zu kämpfen.

„Wenn ich Sie loslasse, werden Sie dann aufhören zu schreien?"

Sie nickte hektisch und ich nahm die Hand von ihrem Mund. Sobald ich sie losließ, sprang sie vor mir weg und versuchte sich hinter einem kahlen Bäumchen in ihrem Garten zu verstecken.

„Was … was bist du?", fragte sie. „Ein Schneemonster?"

„Was für ein Unsinn. Haben Sie etwas gegen den Kopf bekommen, Miss King? Ich bin Ihr Chef. Schon vergessen? Und bitte unterlassen Sie es, mich zu duzen. Sie wissen genau, was ich von derlei Praktiken am Arbeitsplatz halte."

Katies Augen schienen immer größer zu werden und sie hielt sich an dem kahlen Baum fest, als könnte der sie tatsächlich vor mir schützen.

„Das muss ein Traum sein", stammelte sie. „Eindeutig. Ich träume noch. Anders kann es gar nicht sein. Vermutlich bin ich einfach nie aufgestanden, sondern liege immer noch gemütlich in meinem Bett."

„Miss King. Nun reißen Sie sich doch mal zusammen", sagte ich verärgert und ging einen Schritt auf sie zu.

Doch sie sprang zum nächsten Baum und schrie mich an: „Fassen Sie mich nicht an, Sie Monster!" Sie sah mich an, als wäre ich der Yeti höchstpersönlich.

„Monster? Sie meinen, nur weil ich Sie gefeuert habe? Hören Sie, Miss King. Das ist zwar bedauerlich, aber Sie haben mir keine andere Wahl gelassen. Was hätte ich denn tun sollen? Das war immerhin Arbeitsverweigerung."

Verdattert klappte ihr Mund auf. „Sie … Sie sind wirklich Mister Frost", stellte sie fest.

Ich seufzte. „Aber natürlich. Wer soll ich denn sonst sein? Was um Himmels willen haben Sie denn genommen, dass Sie mich nicht mehr erkennen?"

„Nun. Die Frage ist viel eher, was haben Sie genommen?", erklärte sie und kam zögerlich näher.

Sie musste mir die Fragezeichen im Gesicht ansehen, denn sie schluckte und wühlte dann in Ihrer Handtasche herum.

„Also Miss King, ich weiß ja nicht, was …"

„Hier. Sehen Sie", sagte Katie und hielt mir einen Taschenspiegel entgegen.

Ich sah hinein und was ich darin sah, schockierte mich so sehr, dass ich es gar nicht in Worte fassen konnte.

Kapitel 7

Katie

Mein Chef hatte sich in einen Schneemann verwandelt. Nein. In eine Schneeskulptur, wenn man es genau nahm. Sein Geist steckte ganz offensichtlich in genau der Figur, die meine Tochter in den letzten Wochen gebaut hatte. Anders konnte ich es mir nicht erklären, dass ebenjene Schneeskulptur jetzt plötzlich laufen und mit mir reden konnte. Aber die Figur hatte sich verändert. Sie war nicht mehr die Schneefigur ohne Gesicht, sondern es war Leonard Frost. Es war genau sein Körper. Nur eben aus Schnee und Eis.

Das war total verrückt. Ich glaubte nicht an Übersinnliches. Das hatte ich noch nie getan. Aber entweder war genau so etwas passiert oder ich verlor gerade den Verstand. Ich war mir nicht ganz sicher, was mir lieber gewesen wäre.

„Das kann nicht sein", sagte Mister Frost und nahm mir den Spiegel aus der Hand, nur um dabei zum ersten Mal richtig seine eigenen Hände zu registrieren. Ich wusste gar nicht, wie er es geschafft hatte, sie bisher zu ignorieren.

Mir wäre das ganz sicher nicht passiert. Aber Mister Frost schien heute ohnehin ein wenig neben der Spur zu sein und da er gerade erst einen neuen Körper übernommen hatte, wollte ich ihm das mal nachsehen.

„Ich bin aus Schnee?“, fragte Mister Frost und betrachtete seinen kompletten Körper, der zu meinem Beschämen nackt war. „Warum um Himmels willen bin ich aus Schnee? Und nackt.“

Er packte sich selbst fest an, aber nichts geschah. Es war, als wäre der Schnee genauso elastisch, wie es früher seine Haut gewesen war.

„Warum bin ich nackt?“, fragte Leonard Frost erneut und hielt sich eine Hand vor sein Gemächt, was mir lieb war, da es mir sehr schwergefallen war, ihn nicht unten herum anzustarren.

„Ich … ich habe keine Ahnung“, sagte ich, löste mein großes Halstuch und reichte es ihm. Er nahm es und wickelte es sich wie einen Rock um die Hüften.

Ich wusste, dass es langsam an der Zeit wäre, mich wieder zu fürchten, aber ich war gerade einfach nur fasziniert und kniff mich vorsichtshalber selbst in den Arm, um festzustellen, ob ich träumte. Es tat weh. Also gut. Ich schlief also nicht. Schade eigentlich. Wäre ja auch zu schön gewesen.

„Das kann doch alles nicht wahr sein“, sagte Mister Frost und machte einen Schritt von mir weg. „Das … ich … ich muss weg.“

Er ließ meinen Spiegel fallen, rannte los und sprang über den Zaun.

„Mister Frost! Warten Sie!“, rief ich ihm hinterher, aber da war er schon die Straße entlang verschwunden. „So ein verdammter Mist“, knurrte ich.

Er war fort. Und obwohl es kompletter Unsinn war, fragte ich mich gerade tatsächlich, ob er ohne Mantel denn gar nicht fror.

Kapitel 8

Leonard Frost

Ich rannte so schnell ich konnte, ohne überhaupt zu wissen, wohin ich wollte. Den großen Schal hatte ich fest um meine Hüfte gebunden, aber er flatterte mit jedem Schritt. Warum zur Hölle trug ich keine Kleidung? Und wie war ich überhaupt in Katies Garten gelangt? Aber die viel dringlichere Frage war: Warum war ich aus Schnee und wie bekam ich meine alte Gestalt wieder?

Ich rannte bestimmt eine Viertelstunde, bis ich jemanden zu Gesicht bekam.

„Hilfe", rief ich. „Bitte. Sie müssen mir helfen."

Es war eine ältere Dame mit ihren Einkäufen, die aufschrie, als sie mich sah und all ihre Taschen einfach fallenließ, um wegzulaufen.

Auch die nächste Person fing an hysterisch zu schreien und ein Mann holte sogar seinen Baseballschläger aus dem Haus.

„Verschwinde, du Monster", schrie er mir hinterher. „Sonst verarbeite ich dich zu Schneematsch."

Ich lief so schnell ich konnte weiter und musste feststellen, dass sich jeder vor mir erschreckte und vor mir davonlief. Guter Gott. Sah ich denn wirklich so furchteinflößend aus?

Ich war es gewohnt, dass die Leute vor Ehrfurcht verstummten, wenn sie mich sahen, aber nicht, dass sie anfingen zu schreien und die Polizei riefen.

Es dauerte auch tatsächlich nicht lange, bis der erste Polizeiwagen um die Ecke kam und ich schaffte es gerade noch, mich in eine Gasse zu flüchten und mich hinter einem Müllcontainer zu verstecken.

„Da war ein Schneemensch!", schrie bereits eine Frau. „Er sah so unheimlich aus. Sie müssen ihn unbedingt finden. Am Ende vergreift er sich noch an unseren Kindern."

„Er ist da reingelaufen!", rief ein anderer Mann. „Ich habe ihn gesehen."

So ein verdammter Mist. Wenn die Polizisten mich zu fassen bekamen, würden sie mich bestimmt in irgendein Labor stecken.

Daher sprang ich auf und rannte weiter in die Gasse hinein. Zum Glück war ich gut trainiert und schaffte es problemlos, über einen Zaun zu klettern und zu verschwinden. Ich musste dringend hier weg und herausfinden, wieso mir das passiert war. Ich wusste nur noch nicht, wie.

Kapitel 9

Katie

Die Karre von meiner Mutter musste schon mindestens hundert Jahre alt sein. So sah sie zumindest aus, wenn man sich den ganzen Rost und die zerkratzte Karosserie anschaute. Theoretisch hätte das Auto wohl ein richtig wertvoller Oldtimer sein können, wenn er in etwas besserer Verfassung gewesen wäre. Doch ich war einfach nur erleichtert, dass es überhaupt ansprang, als ich es aus der Werkstatt abholte. Ich winkte dem Mechaniker dankbar zum Abschied und fuhr dann vorsichtig auf die Straße. Auch heute war es wieder extrem glatt und ich wusste, dass ich vorsichtig fahren musste, um keinen Unfall zu bauen.

Langsam gab ich etwas mehr Gas und war froh, als ich die gestreute Hauptstraße erreicht hatte, die mich in die Stadt führen würde. Mir war klar, dass es verrückt war, Mister Frost ausgerechnet in seinem Penthouse zu suchen, aber es war der einzige Ort, der mir auf die Schnelle eingefallen war. Doch wie nicht anders zu erwarten, war er nicht hier. Der Portier, der mich glücklicherweise kannte, erklärte mir, dass Mister Frost sich seit Samstag nicht mehr hätte blicken lassen.

Als Nächstes stattete ich meinem Arbeitsplatz einen Besuch ab, wo ich wegen meiner legeren Kleidung von meinen Kolleginnen schockierte Blicke einheimste.

„Himmel, Katie. Was ist denn mit dir los?", fragte Nancy, sobald sie mich sah. „Bist du krank?"

„Ja. Kann man so sagen. Aber ich muss dringend zu Mister Frost. Ist er inzwischen hier?"

„Nein. Ich dachte, du wolltest ihn anrufen."

„Das habe ich auch versucht, aber er geht einfach nicht an sein Handy."

„Oje. Tut mir leid, aber hier hat er sich auch nicht blicken lassen."

Wie auch, wenn er sich in einen Schneemenschen verwandelt hat, hätte ich am liebsten gesagt, hielt mich aber im letzten Moment zurück. Mister Frost konnte nicht wirklich ein Schneemann geworden sein. So etwas passierte nicht im wahren Leben. Ganz sicher nicht.

Aber trotzdem deutete alles darauf hin. Er war nicht zu Hause und auch sonst nirgendwo aufzufinden. Und das heute Morgen war keine Einbildung gewesen. Da war ich mir sehr sicher. Aber was in Gottes Namen sollte ich jetzt tun?

„Ich werde ihn weitersuchen", sagte ich entschlossen und Nancy nickte besorgt.

„Tu das. Es kommt mir eigenartig vor, dass er sich gar nicht meldet. Das ist doch sonst nicht seine Art."

„Vielleicht solltest du dich aber vorher noch umziehen", schlug Sarah vor. „Nicht, dass er dich am Ende noch feuert, weil du nicht die passende Arbeitskleidung trägst."

Ich hatte keine Ahnung, ob sie das ernst meinte, aber ich hätte ihr am liebsten gesagt, dass es dafür längst zu spät war. Mister Frost hatte mich bereits gefeuert und meine Kleidung war im Moment vermutlich sein kleinstes Problem. Das brachte mich allerdings auf eine Idee.

Ich würde Mister Frost finden und ihm meine Hilfe anbieten. Allerdings nur unter einer Bedingung.

„Ich muss kurz an meinen Computer“, erklärte ich und ging an meinen Schreibtisch.

Ich war plötzlich sehr zuversichtlich, dass ich Mister Frost finden würde und dass ich ihn bald schon wieder als meinen Chef bezeichnen konnte.

Kapitel 10

Leonard Frost

Der Schulhof war leer. Der Pavillon war abgebaut worden und alle Schneeskulpturen waren fort. In gewisser Weise hatte ich das schon befürchtet, aber ein kleines bisschen Hoffnung war geblieben, dass ich hier Antworten finden würde. Vielleicht nicht alle Antworten, aber zumindest ein paar.

„Ich hatte gehofft, dass ich Sie hier finde", sagte Katie hinter mir und kam zögerlich näher.

Sie hatte Angst vor mir. Das war eindeutig. Genau wie die Menschen auf der Straße. Ich wartete im Prinzip immer noch darauf, dass die Polizei mich finden und mitnehmen würde. Ob ich sterben konnte, wenn ein Polizist auf mich schoss? Irgendwie hielt ich es für unwahrscheinlich. Aber was zum Teufel war nur mit mir passiert?

„Glückwunsch. Sie haben mich gefunden", sagte ich. „Und was jetzt?"

„Na ja. Ich hatte vermutet, dass Sie meine Hilfe brauchen."

Ich schnaubte abfällig. „Ach ja? Wie kommen Sie denn darauf?"

„Nun, weil Sie …"

„Natürlich brauche ich Hilfe, Sie Idiotin. Mir erschließt sich allerdings nicht, wie ausgerechnet Sie mir helfen wollen."

Ich sah, wie sie schluckte. „Also … ich denke, wir müssen erstmal herausfinden, was überhaupt mit Ihnen passiert ist. Wo ist Ihr normaler Körper hin und warum stecken Sie in diesem … in diesem Schneemann?"

„Das wüsste ich allerdings auch gern."

„Was ist das Letzte, woran Sie sich erinnern?"

Das machte mich nachdenklich. Vielleicht war Katie doch hilfreicher, als ich erwartet hatte. „Ich bin mir nicht sicher. Ich … ich war hier. An dieser Schule. Das weiß ich noch genau. Ich habe Sie gefeuert."

„Jap. Daran erinnere ich mich auch noch."

„Haben Sie gerade Jap gesagt?"

„Jap."

Missbilligend sah ich sie an. „Ich dulde so eine saloppe Ausdrucksweise nicht bei meinen Mitarbeitern."

Sie zuckte mit den Schultern. „Wie Sie gerade passend festgestellt haben, haben Sie mich am Samstag gefeuert. Meine Ausdrucksweise geht also in Zukunft nur noch mich etwas an. Genau wie meine Kleidung im Übrigen."

Ich sah an ihr herunter und stellte fest, dass sie wieder diese unattraktiven Schneeboots trug. Da konnte sie ja genauso gut gleich in Gummistiefeln herumlaufen.

„Die Pumps stehen Ihnen einfach besser", bemerkte ich.

„Tja. Ihr eisiger Look ist auch nicht so ganz das Wahre heute", konterte sie und sah mich herausfordernd an. „Mein Halstuch steht Ihnen allerdings sehr gut."

Ein Anflug von Scham überkam mich, als mir wieder bewusst wurde, dass ich bis auf ihr Tuch um meine Hüften nackt war. Aber ich drängte das Gefühl zurück.

„Also gut. Lassen wir das", schlug ich vor, weil ich nicht mit ihr über Äußerlichkeiten diskutieren wollte, während ich selbst aus Eis und Schnee bestand. „Es gibt Wichtigeres zu tun."

„Tja. Das bringt mich zu einem essentiellen Punkt. Ich will meinen Job zurück."

„Wie bitte?"

„Sie haben schon richtig gehört, Mister Frost. Wenn ich Ihnen helfen soll, dann will ich meinen Job wiederhaben. Und ich habe eine weitere Bedingung."

Ich verdrehte die Augen. „Lassen Sie mich raten. Sie wollen eine Gehaltserhöhung."

„Vor allem will ich mehr Freizeit. Ich mache keine Überstunden mehr und habe jedes Wochenende frei. In der Zeit werde ich mein Handy abstellen und für Sie nicht mehr erreichbar sein."

„Was?" Fassungslos sah ich sie an. „Das ist absurd. Wofür habe ich denn bitte schön eine persönliche Assistentin, wenn …?"

„Ach ja. Und eine Gehaltserhöhung von zehn Prozent möchte ich auch. Und Weihnachtsgeld."

„Vergessen Sie es", sagte ich streng.

„Gut. Dann vergessen Sie meine Hilfe. Ich bin sicher, Sie finden einen anderen Doofen in dieser Stadt, der Sie so gut kennt wie ich und nicht sofort die Polizei ruft, weil er denkt, der Yeti sei auferstanden."

Ich runzelte die Stirn. Versuchte dieses Biest, mich zu erpressen? Ich dachte kurz nach und fing dann an zu lächeln.

„Abgemacht", sagte ich und streckte ihr die Hand entgegen. Sobald ich meine eigene Gestalt wiederhatte, konnte ich bestimmt immer noch so tun, als würde ich mich an nichts von dem erinnern, was geschehen war, als ich in einer Schneefigur gesteckt hatte.

Sie sah meine Hand skeptisch an. „Ein Handschlag reicht mir nicht", erklärte sie. „Ich war gerade im Büro und habe einen Vertrag vorbereitet."

Staunend sah ich zu, wie sie in ihrer Handtasche kramte und eine Mappe hervorzog. Darin war ein perfekt ausgearbeiteter Vertrag, der ihr mehr Gehalt zusicherte und eindeutig festlegte, dass sie keinerlei Überstunden mehr zu leisten hatte. Weder bezahlt noch unbezahlt. Des Weiteren standen ihr in Zukunft fünf Urlaubstage im Jahr mehr zu.

„Das ist Wahnsinn. Das unterschreibe ich nicht", erklärte ich und hätte das Papier am liebsten zerrissen.

„Gut. Ihre Entscheidung. Dann werde ich wohl besser nach Hause fahren und ein paar Bewerbungen schreiben. Schade, dass ich dann keine Zeit haben werde, Ihnen zu helfen. Aber ich bin sicher, die Polizei hat viel Verständnis, wenn Sie zu ihnen gehen und erklären, dass Sie irgendwie Ihren Körper verloren haben."

Ich stieß einen lauten Fluch aus und nahm Katie den Stift ab, den sie mir entgegenhielt. Ich war gerade auf sie angewiesen. Das war mir klar. Und ich musste zugeben, dass ich staunte, wie gelassen sie es hinnahm, dass ich inzwischen aus Schnee bestand. Das hätte sicher nicht jeder so locker akzeptiert.

Allein bei dem Gedanken daran, wie mich die Leute auf der Straße angesehen hatten, bekam ich eine Gänsehaut. Katie hatte sich zwar auch zuerst vor mir erschreckt und versucht, sich zu verstecken, aber sobald ihr klargeworden war, dass allen Ernstes ich es war, der in den Schneemassen steckte, hatte sie erstaunlich souverän reagiert. Vermutlich hatte sie es verdient, dass sie eine Gehaltserhöhung und mehr Freizeit bekam.

Sobald ich wieder ich selbst war, würde ich den Vertrag trotzdem von meinem Anwalt prüfen lassen, um herauszufinden, ob es nicht irgendein Schlupfloch gab. Einen Moment überlegte ich, meine Unterschrift anders zu machen als sonst, aber das wäre Katie sofort aufgefallen. Es gab niemanden, der meine Unterschrift besser kannte als sie.

„Denken Sie gar nicht erst drüber nach", sagte sie, als hätte sie meine Gedanken gelesen. „Unterschreiben Sie einfach und fertig. Dann ist alles wieder gut."

„Ach ja? Ich fühle mich gerade, als würde ich meine Seele verkaufen."

„Da Sie keinen menschlichen Körper mehr besitzen, ist Ihre Seele ja auch das Einzige, was Sie noch zu bieten haben." Sie sah mich neckisch an und ich fragte mich, wann sie eigentlich den Respekt vor mir verloren hatte.

Das musste eindeutig etwas mit dieser Schneemannsache zu tun haben. Bisher hatte sie noch nie versucht, mir zu widersprechen oder mir die Stirn zu bieten.

Missmutig unterschrieb ich und reichte ihr den Wisch. „Sie wissen schon, dass ein Vertrag, der unter Druck geschrieben wird, nicht gültig ist."

„Natürlich. Aber weisen Sie mal bitte nach, dass Sie ein Schneemann gewesen sind, als Sie ihn unterschrieben haben."

Sie lächelte mich amüsiert an und ich musste mich zusammenreißen, um sie nicht zu greifen und einmal kräftig zu schütteln. Ich hasste es, auf andere Menschen angewiesen zu sein und ich war noch nie auf jemanden so angewiesen gewesen wie auf Katie in diesem Moment. Sie war die Einzige, die mir glaubte, dass ich es war, der in dieser Schneehülle steckte und sie war die Einzige, die das Gespräch mit mir suchte.

„Also gut. Und was machen wir jetzt?", fragte ich, weil mir gerade alles andere egal war.

Ich wollte nicht diskutieren, sondern handeln.

„Als Erstes machen wir, dass wir hier wegkommen", beschloss Katie und deutete auf ein paar Kinder, die gerade den Schulhof betraten. „Ich will wirklich nicht erklären müssen, warum Phoebes Schneefigur lebendig geworden ist. Also kommen Sie."

„Sind Sie etwa mit dem Auto da?"

„Ja."

„Ich dachte, Sie hätten kein Auto."

Das hatte sie bisher zumindest immer behauptet, wenn es darum gegangen war, dass ich ihre Taxirechnungen bezahlen sollte, wenn sie von A nach B musste.

„Das stimmt auch. Es ist das Auto meiner Mutter."

„Na gut. Mir ist alles recht, wenn wir nur endlich was unternehmen."

Kapitel 11

Katie

Wie nicht anders zu erwarten, blieb Mister Frost geschockt vor meiner Rostlaube stehen, als wir auf den Parkplatz traten, und schüttelte den Kopf.

„In diese Schrottkarre steige ich nicht ein."

„Mister Frost", sagte ich so diplomatisch wie möglich. „Es tut mir sehr leid, dass ich mir keinen Rolls Royce leisten kann, aber entweder schieben Sie Ihren eisigen Hintern jetzt in mein Auto oder ich kann Ihnen auch nicht helfen. Meinen Vertrag habe ich ja bereits."

Ich musste zugeben, dass es mir Spaß machte, dass wir die Rollen gewechselt hatten. Bisher war er immer derjenige gewesen, der das Sagen gehabt hatte. Ich war vollkommen von ihm abhängig gewesen, aber jetzt war das anders. Welche Macht auch immer ihm das angetan hatte, hatte auch dafür gesorgt, dass ich endlich mal all das zu ihm sagen konnte, was ich ihm schon immer hatte sagen wollen. Und das war eine ganze Menge.

Die Stimmen der Kinder wurden lauter und Mister Frost sah sich sichtlich nervös nach ihnen um. Offenbar hatte er schon versucht, mit anderen Menschen in Kontakt zu treten und das war nicht so gut ausgegangen wie erhofft.

„Also. Was ist jetzt?", fragte ich. „Steigen Sie ein? Oder wollen Sie lieber hierbleiben?"

Ohne etwas zu sagen, trat Mister Frost auf das Auto zu, öffnete die Seitentür und stieg ein.

„Das ist doch nicht zu fassen“, schimpfte er. „Dieses Ding stinkt und der Sitz ist extrem unbequem. Und wagen Sie es ja nicht, die Heizung anzumachen.“

Ich seufzte und setzte mich neben ihn, um das Auto zu starten. Ich machte die Fenster auf und fuhr los.

„Lehnen Sie sich am besten zurück und tun Sie so, als wären Sie immer noch eine Schneeskulptur“, schlug ich vor. „Die Leute werden sich zwar wundern, warum ich einen Schneemann durch die Gegend kutschiere, aber es ist immer noch besser, als wenn sie denken, ich hätte eine Art X-Man dabei.“

Mister Frost antwortete nicht, tat aber, was ich vorgeschlagen hatte. Als wir an einer Ampel hielten, sah ich zu ihm hinüber und stellte fest, dass er trotz seiner Reglosigkeit sehr lebendig aussah, wenn man das über einen Schneemenschen überhaupt sagen konnte. Das lag vor allem an seinen eisblauen Augen, mit denen er immer wieder blinzelte und die sich trotz aller Bemühungen von rechts nach links bewegten. Entweder müsste er sie schließen oder …

„Hier. Setzen Sie die auf“, schlug ich vor und reichte ihm eine Sonnenbrille, die ich immer im Auto gebunkert hatte. Es war nicht das teuerste Modell, aber sie würde ihren Zweck schon erfüllen.

Missmutig tat Mister Frost wie geheißen und sah dann wieder starr geradeaus.

Die Passanten, die an uns vorbeiliefen, warfen uns eigenartige Blicke zu, aber niemand sprach uns an, worüber ich sehr froh war.

„Wo fahren wir jetzt eigentlich hin?“, fragte Mister Frost, sobald wir wieder losgefahren waren.

„Zu Ihrem Apartment. Ich denke, dass wir dort am ehesten einen Hinweis darüber bekommen werden, was eigentlich passiert ist.“

„Aha. Und wie stellen Sie sich vor, dass ich da hineinkomme?“

„Ich habe Klamotten von meinem Dad mit. Die ziehen Sie einfach an und zusammen mit der Sonnenbrille und dem Hut wird niemand erkennen können, dass Sie aus Schnee sind.“

„Der Portier wird Fragen stellen.“

„Das bezweifle ich. Er kennt mich. Keine Angst. Das wird schon schiefgehen.“

Ich fuhr in die Tiefgarage von Mister Frosts Wohngebäude und stellte meine Rostlaube auf einen der Besucherparkplätze. Dann griff ich nach hinten und holte die Klamotten meines Vaters hervor. Zum Glück war er fast genauso groß gewesen wie mein Chef, sodass ihm die Sachen eigentlich passen müssten. Aber natürlich hatte Mister Frost auch dagegen etwas einzuwenden.

„Ist das Ihr Ernst? Das soll ich anziehen?“, fragte er und hielt die alten Jeans nach oben. Auch das karierte Hemd schien ihm nicht zu gefallen. „In dieser Kleidung wird dem Portier direkt auffallen, dass etwas nicht stimmt. Da kann ich mir genauso gut gleich ein Schild umhängen mit den Worten: ‚Vorsicht! Ich bin ein Schneemensch!‘“„Also gut. Was schlagen Sie stattdessen vor?“

„Ganz einfach. Sie gehen alleine, sehen nach, ob mein menschlicher Körper dort irgendwo herumliegt und bringen mir meine Klamotten mit."

„Aha. Und wie soll ich das bitte schön machen?"

„Ich verrate Ihnen den Sicherheitscode meines Penthouses und schreibe Ihnen eine Erlaubnis für den Portier."

Das könnte tatsächlich funktionierten.

„Also gut", sagte ich. „Dann lassen Sie uns mal loslegen."

Ich war noch nie alleine in Mister Frosts Penthouse gewesen und erst recht noch nie in seinem Schlafzimmer. Aber genau da musste ich jetzt hin, um seine Klamotten zu holen. Sein Bett war riesig und ich fragte mich, wie häufig er wohl Frauen hier hatte. Bisher hatte ich nicht den Eindruck gehabt, dass er sie gerne mit nach Hause nahm. Vermutlich ging er mit ihnen eher in ein Hotel oder vernaschte sie in seinem Büro, wie er es mit Sarah getan hatte.

Aber das ging mich eigentlich nichts an. Überhaupt nicht. Ich wusste gar nicht, warum ich überhaupt darüber nachdachte.

Ich riss mich zusammen und öffnete seine Schranktür. Wie nicht anders zu erwarten, war alles akkurat geordnet. Nichts war so durcheinander wie in meinem eigenen Schrank. Wenn Mister Frost nicht von uns erwartet hätte, dass wir unsere Kleidung in Ordnung hielten, hätte ich vermutlich sogar auf das Bügeln verzichtet, aber so blieb mir nichts anderes übrig, als jeden Tag früh genug aufzustehen, um meine verknitterte Kleidung einmal kurz zu glätten, bevor ich sie anzog. Das war zwar nervig, erschien mir aber immer noch besser, als direkt nach dem Waschen alles zu bügeln. Denn mein Schrank war so vollgestopft, dass es dort ohnehin wieder zerknittert wäre.

Ich hatte mir schon so oft vorgenommen, mir einen neuen Schrank zu besorgen. Aber selbst dann wäre der mit Sicherheit nicht so ordentlich gewesen wie der von Mister Frost. Himmel. Sogar seine Socken waren geordnet. Alle nach Farbe sortiert. Dabei hatte er ohnehin nur schwarze, graue und weiße Socken. So kompliziert war es also nicht.

Ich öffnete eine der Schubladen und fand seine Unterwäsche. Am liebsten hätte ich den Schrank direkt wieder zugemacht, aber Unterwäsche war wichtig. Immerhin sollte er nicht für immer mit meinem Schal als Lendenschurz herumlaufen. Er trug keine Männerslips, wie ich erwartet hatte, sondern enge Shorts, die seinen Hintern bestimmt unglaublich knackig aussehen ließen. Himmel. Wo war der Gedanke denn plötzlich hergekommen?

Ich schnappte mir ein paar der Shorts und machte die Schublade schnell wieder zu. Dann nahm ich mir Socken, Schuhe und Hemden und suchte zwei seiner normalen Anzüge aus, die er jeden Tag zu tragen pflegte. Fehlten nur noch ein Mantel, Schal, Handschuhe und Hut, damit er ein bisschen unauffälliger aussah. Zum Glück war es so kalt, dass sich niemand wundern würde, wenn er den Schal weit ins Gesicht gezogen trug.

Ich wollte gerade das Schlafzimmer verlassen, als ich ein Foto sah, das an dem Bett von meinem Chef stand.

Ich wusste, dass es mich nichts anging und dass ich eigentlich zusehen sollte, dass ich meinen Auftrag erledigt bekam. Aber ich konnte einfach nicht anders.

Ich ging auf das Foto zu und nahm es zur Hand. Abgebildet waren eine blonde Frau und ein dunkelhäutiges Kind und ich musste schlucken, als mir auffiel, dass die Dame unheimlich viel Ähnlichkeit hatte mit … mir.

Sie hatte die gleichen langen blonden Haare, blaue Augen und eine sehr ähnliche Gesichtsform. Nur das Kind sah ganz anders aus als Phoebe. Sie schien afrikanischer Herkunft zu sein und hatte wunderschöne dunkle Augen. Auf dem Bild war sie bestimmt nicht älter als drei.

Wer war das? Mir war klar, dass es mich nichts anging, aber es interessierte mich trotzdem. Ich wusste, dass Mister Frost erst vor vier Jahren nach New York gekommen war und vorher in Florida gelebt hatte. Ich verstand nicht so recht, warum jemand so einen tollen Staat wie Florida gegen die Hektik von New York eintauschte, aber vielleicht war ihm die Anonymität der Großstadt wichtig gewesen.

Nachdenklich strich ich über das Foto und dachte darüber nach, wer diese Frau wohl sein könnte. Seine Schwester? Oder eine ehemalige Geliebte? Was war mit ihr geschehen? Hatte sie ihn verlassen? Oder war es einfach nur eine Frau, die ihm mal etwas bedeutet, aber die nie davon erfahren hatte?

Unwahrscheinlich.

Nur mit Mühe schaffte ich es, das Bild wieder zurückzustellen und mich auf meine Aufgabe zu konzentrieren. Ich musste Mister Frost die Klamotten bringen und durfte mich nicht von einem Foto davon abhalten lassen. Also schnappte ich mir den Stapel und ging zur Garderobe, um das restliche Zeug mitzunehmen.

Kapitel 12

Leonard Frost

Sobald ich wieder meine Kleidung trug, fühlte ich mich gleich viel besser. Es war eigenartig, aber erst im Anzug kam ich mir vor wie ein richtiger Mensch. Mir war klar, dass es seltsam klang, aber in der Kleidung von Katies Vater wäre ich mir vorgekommen, als hätte ich mich verkleidet.

Ich strich meinen Anzug glatt und zog dann meinen Mantel an, in dem zu meiner Überraschung noch mein zweiter Schlüsselbund steckte. Das war gut. Sehr gut sogar, denn wohin auch immer wir noch wollten, wir würden nicht mehr in Katies Schrottkarre fahren müssen. Mein Mercedes war zwar nicht da, aber ich hatte zum Glück noch meinen Ford Mustang. Das Ding war ein echter Klassiker und hatte noch Sommerreifen drauf. Aber besser als Katies Klapperkiste war er allemal.

„Ein Dankeschön wäre angemessen", sagte Katie und sah mich erwartungsvoll an.

Sie hatte die Arme vor der Brust verschränkt und wartete offensichtlich darauf, dass ich etwas sagte.

„Wofür? Dafür, dass Sie Ihren Job erledigen?"

„Mister Frost. Hätte ich etwa einen Extrapassus einbauen sollen, der besagt, dass Sie ein bisschen höflicher zu sein haben?"

„Allerdings. Denn so lange es nicht im Vertrag steht, sehe ich keine Veranlassung, an meinem bisherigen Verhalten Ihnen gegenüber etwas zu ändern."

Sie schüttelte offenbar missmutig den Kopf. „Sie sind unmöglich. Wissen Sie das eigentlich?"

Stirnrunzelnd sah ich sie an.

„Wie bitte?"

„Sie haben mich schon verstanden, Mister Frost. Sie sind arrogant und selbstgefällig und stoßen jeden vor den Kopf. Es ist kein Wunder, dass Sie keine Freunde haben. Wer würde schon gerne mit so einem Eisklotz befreundet sein?"

„Ist das metaphorisch gemeint? Falls nicht, wäre das nämlich sehr diskriminierend."

„Sie waren schon ein Eisklotz, bevor Sie sich in einen Schneemann verwandelt haben", stellte sie klar. „Sie haben keine Manieren, behandeln andere Menschen wie Dreck und können sich nicht mal das kleinste bisschen Gefühl erlauben. Warum nicht? Was ist bei Ihnen nur falsch gelaufen?"

Es war unglaublich. Ich war überzeugt, dass sie sich niemals getraut hätte, mir solche Fragen zu stellen, als ich noch ein Mensch gewesen war. Aber offenbar brachte mein neues Erscheinungsbild sie dazu, mich nicht mehr ernst zu nehmen und vielleicht wurde es mal Zeit, dass ich ihr wieder zeigte, wer hier der Boss war. Schneemensch hin oder her.

„Jetzt hören Sie mir mal gut zu, Miss King ...", begann ich.

„Moment", sagte Katie, hob die Hand und zog ihr Handy aus der Tasche, das zu klingeln begonnen hatte.

Ohne mich aussprechen zu lassen, ging sie dran und

ließ mich einfach so stehen.

„Nancy. Hi. Gut, dass du anrufst. Ich …" Sie stockte und sah mich an. „Ja. Ja. Ich höre dir zu. Okay. Wo genau, sagst du? Okay. Danke. Ich kümmere mich darum. Ich melde mich, sobald ich mehr weiß."

Sie legte wieder auf und sah mich bedauernd an. „Mister Frost. Ich … es gibt leider schlechte Neuigkeiten."

Ich verschränkte die Arme vor meiner Brust und funkelte sie an. „Allerdings. Meine Angestellte scheint es nicht mehr für nötig zu halten, mir in irgendeiner Weise Respekt zu zollen."

„Das meinte ich nicht", sagte sie kopfschüttelnd. „Das war Nancy. Es … es sieht so aus, als wüssten wir endlich, wo Ihr Körper hin ist. Also… Ihr menschlicher Körper."

„Tatsächlich? Und wo?"

„Im St. George's Hospital. Sie hatten am Samstag einen Unfall."

Kapitel 13

Katie

Mister Frost ins Krankenhaus zu schmuggeln, funktionierte besser als erwartet. Mit dem Mantel, dem Hut, dem Schal und der Sonnenbrille war er nicht als das zu erkennen, was er war und wurde insofern auch nicht von den Menschen als Schneemann gesehen.

Das war auch gut so, denn ich hatte beschlossen, ihm zu helfen und das würde ich auch tun. Daher fragte ich an der Rezeption nach Leonard Frost und wurde von der Dame in die dritte Etage geschickt. Im Aufzug wollte ich lieber nicht mit Mister Frost reden, weil noch andere Menschen zugestiegen waren. Gemeinsam gingen wir in das Krankenzimmer. Wie nicht anders zu erwarten, hatte Mister Frost ein Einzelzimmer. Ich vermutete, dass er gut versichert war.

Trotzdem verursachte sein Anblick mir einen Stich. Ich kannte ihn nur als unnahbaren, unfreundlichen, aber auch unbeugsamen Mann. Keine Krankheit hatte ihn bisher niederstrecken können und selbst mit der schlimmsten Grippe hatte er seine Angestellten noch herumkommandiert.

Aber jetzt … Sein Körper lag friedlich schlafend auf der Matratze und ihm steckten mehrere Kanülen im Arm. Sein Gesicht war stark angeschwollen, er hatte mehrere Schwellungen und wie es aussah auch einige Blutergüsse. Um seinen Kopf lag ein Verband.

„Das sieht nicht gut aus", bemerkte Leonard Frost und streckte eine Hand nach seinem eigenen Körper aus. „Ganz und gar nicht gut."

Er zog seinen Schal herunter und nahm die Sonnenbrille ab, um besser sehen zu können. Besorgnis zeigte sich auf seinem Gesicht und er runzelte die Stirn. „Wie lange liege ich schon hier?", fragte er.

„Ich schätze, seit Samstag. Das Krankenhaus hat offensichtlich heute im Büro angerufen und Nancy mitgeteilt, dass Sie hier sind."

Mister Frost nickte. „Seit Samstag also. Na fein. Aber warum bin ich dann jetzt in diesem Körper und nicht mehr in meinem eigenen?"

„Genau das versuchen wir ja herauszufinden", sagte ich beschwichtigend. „Ich habe keine Ahnung, wie das passieren konnte. Versuchen Sie sich noch einmal zu erinnern, was genau geschehen ist."

Mister Frost setzte sich an sein Bett und betrachtete seinen Körper, der mit Verletzungen übersät war.

„Gute Frage", sagte er. „Samstag. Samstag. Samstag. Es kommt mir so vor, als wäre dieser Tag unendlich weit weg."

„Denken Sie nach", forderte ich. „Sie haben doch schon gesagt, dass Sie am Samstag bei Phoebes Schule gewesen sind. Daran können Sie sich also offenbar erinnern. Was haben Sie danach gemacht?"

Mister Frost sah mich an. „Ich bin weggefahren", sagte er. „Genau. Ich bin in meinen Mercedes gestiegen und damit losgefahren. Ich wollte ins Büro. Da war eine lange Straße. Eine grüne Ampel. Und dann war da dieses Mädchen …"

Das machte mich hellhörig.

„Was für ein Mädchen?"

„Keine Ahnung. Ich habe sie am Freitag schon mal gesehen. Es war ein Straßenkind. Sie wollte einen Dollar von mir und hat danach angefangen, mir einen Vortrag über mein Leben zu halten." Er erschauerte. „Es war richtig gruselig", gab er zu. „Sie kannte meinen Namen und schien so viel über mich zu wissen."

„Was hat sie denn gesagt?", fragte ich.

„Sie ... sie sagte, dass in meinem Herzen keine Wärme sei und dass ich lernen müsse, wieder Wärme in mein Leben zu lassen."

Das verursachte mir eine Gänsehaut, aber ich konzentrierte mich auf das Wesentliche und nickte nur.

„Also gut. Und was haben Sie gemacht?"

„Ich hab sie stehenlassen. Was hätte ich sonst machen sollen? Ich hab sie nicht ernst genommen."

„Und was ist am Samstag passiert? Sie sagten, sie wäre da gewesen. An dieser Ampel."

„Oh ja. Sie stand auf einmal auf der Straße. Ich ... ich bin ganz sicher, dass ich Grün hatte. Trotzdem stand sie plötzlich da. Ich habe gehupt, aber sie wollte einfach nicht aus dem Weg gehen. Also bin ich ihr ausgewichen und dann ..."

Er sprach nicht weiter und ich konnte mir schon denken, was geschehen war. Er hatte etwas gerammt und daraufhin war er hier gelandet.

„Sie glauben, dass das etwas damit zu tun hat, nicht wahr?", fragte Mister Frost. „Sie glauben, dass dieses Mädchen das absichtlich gemacht hat."

„Ich denke vielmehr, dass Sie das glauben", widersprach ich und sah ihn an.

Es war so eigenartig. Als er noch ein normaler Mensch gewesen war, hatte ich mich kaum getraut, ihm in die Augen zu sehen. Aber jetzt, wo er in einer Schneeskulptur steckte, war das plötzlich etwas ganz anderes. Ich scheute mich nicht mehr, ihm ins Gesicht zu sehen und auch sein eisiger Blick wirkte nicht mehr ganz so gefährlich.

„Was wollen Sie mir damit sagen, Miss King?", fragte Mister Frost.

„Ganz einfach. Es ist völlig egal, was ich darüber denke. Wichtig ist nur, was Sie selbst glauben. Und wenn Sie denken, dass das Mädchen mit Ihrer Verwandlung zu tun hat, dann …"

„Ich glaube gar nichts. Wie soll so ein Mädchen denn …?"

„Mister Frost. Ich erinnere Sie ja nur ungern daran, aber Sie sind ein Schneemann und ich denke nicht, dass Sie das Recht haben, darüber zu urteilen, was möglich ist und was nicht. Da die beiden Dinge so eng zusammenhängen, müssen wir erstmal davon ausgehen, dass sie etwas miteinander zu tun haben."

„Das heißt, wir müssen das Mädchen finden."

„Das wäre auf jeden Fall ein Anfang. Oder Sie versuchen zu tun, was sie von Ihnen wollte."

„Was denn? Dass ich mehr Liebe in mein Leben lasse?" Er malte bei diesen Worten Anführungszeichen in die Luft. „Das ist doch Unsinn. Da kann ich lieber in irgendein Labor gehen und mich von denen auseinandernehmen lassen."

Ich schüttelte den Kopf. „Mister Frost …", begann ich.

In diesem Moment klopfte es. Sofort sprang Mister Frost auf und verschwand hinter einem der Vorhänge, weil er nicht entdeckt werden wollte. „Sie haben mich nicht gesehen", zischte er noch, als wenn es nötig wäre, mich darauf hinzuweisen.

„Herein", rief ich.

Ein junger Arzt trat ein und streckte mir lächelnd die Hand entgegen. „Guten Tag. Ich bin Doktor McMillan. Man hat mir gesagt, Mister Frost hätte endlich Besuch bekommen. Darf ich fragen, wie Sie zu ihm stehen?"

In meinem Kopf ratterte es. Wenn ich die Wahrheit sagte, dann würde der Arzt mir mit Sicherheit nichts verraten, weil ich keine Angehörige war. Daher musste ich zu einer kleinen Notlüge greifen.

„Ich bin Katie King. Seine Verlobte."

Ich sah aus dem Augenwinkel wie der Vorhang sich leicht bewegte und hoffte, dass der Arzt es nicht gesehen hatte.

Doch offenbar war das nicht der Fall, denn er redete einfach weiter. „Das ist wunderbar. Dann können Sie ja bestimmt seine Familie kontaktieren. Wir haben niemanden erreichen können. Sein Handy ist zwar hier, aber es ist passwortgesichert."

„Ich habe mehrfach versucht darauf anzurufen", sagte ich bestürzt. „Warum ist denn niemand rangegangen?"

„Offenbar ist es komplett lautlos. Daher hat es wohl niemand mitbekommen."

Das war wieder typisch für meinen Chef, aber darüber konnte ich mich später ärgern.

„Sagen Sie, was genau ist denn eigentlich passiert?"

„Das ist eine gute Frage. Wir wissen nur, dass Mister

Frost die Kontrolle über den Wagen verloren hat und es eine Kollision gab. Wir wissen allerdings nicht, warum. Er scheint keinen Alkohol getrunken zu haben, insofern gehen wir davon aus, dass es an der Glätte gelegen haben muss."

„Aber … war da niemand sonst, der an dem Unfall beteiligt war? Niemand, dem er vielleicht ausgewichen ist?"

Der Arzt schüttelte den Kopf. „Nein. Augenzeugen sagen, Mister Frost hätte einfach aus dem Nichts heraus das Lenkrad verrissen. Sagen Sie. Könnte es vielleicht sein, dass er seinem Leben ein Ende setzen wollte? Es wäre nicht das erste Mal, dass jemand diese Entscheidung sehr spontan trifft."

Ich schluckte. Es war niemand da gewesen? Und was war dann mit dem Mädchen, von dem Mister Frost gesprochen hatte? Ich war mir sicher, dass er sie gesehen hatte. Aber warum nur er und niemand sonst? Am liebsten hätte ich zu ihm hingesehen, aber dann hätte ich den Arzt nur auf ihn aufmerksam gemacht und ich wollte ihm beim besten Willen nicht erklären müssen, warum mein Begleiter aus Schnee war.

„Nein … ich … ich wüsste nicht, warum er so etwas tun sollte", log ich, obwohl mir durchaus ein paar Gründe eingefallen wären. Mister Frost war einer der einsamsten Menschen, die ich kannte und das konnte durchaus ein guter Grund sein, um in der Weihnachtszeit sein Leben zu beenden.

„Also gut. Dann informieren Sie doch bitte seine Eltern oder wen auch immer. Er hat zwar jemanden als Kontaktperson angegeben, aber …"

„Wen?", fragte ich. „Wen hat er angegeben?"

„Jennifer Frost. Seine Frau. Aber die Telefonnummer scheint nicht mehr aktuell zu sein."

Ich wurde blass. „Aber ...", begann ich und fühlte mich unglaublich dumm, weil ich mich als seine Verlobte ausgegeben hatte.

Er war verheiratet? Himmel. Warum hatte er mir das denn nicht gesagt?

„Oh. Tut mir leid. Ich meinte natürlich, seine Exfrau. Wie es aussieht, hat Mister Frost sie nie austragen lassen. Ich bin sicher, dass er das ändern wird, sobald er wieder zu sich kommt."

„Was ... was denken Sie denn, wann er das Bewusstsein wiedererlangen wird?"

„Rein medizinisch steht dem nichts im Wege. Sein Gehirn ist nicht angeschwollen und seine Verletzungen sind alle nicht schwerwiegend. Theoretisch könnte er jeden Moment erwachen."

Theoretisch. Praktisch steckte sein Geist aber in einer Schneeskulptur fest, was ich immer noch nicht so ganz fassen konnte.

Ich wechselte noch ein paar letzte Worte mit dem Arzt, bis dieser sich empfehlen musste, weil er noch andere Patienten zu besuchen hatte. Als ich mich wieder zu meinem Chef umdrehte, kam dieser gerade hinter dem Vorhang hervor.

„Ich will keine Fragen hören", sagte er. „Zu keinem der Themen."

„Ach nein? Was wollen Sie dann?"

„Aus dieser Bude raus. Ich habe nämlich ein kleines Problem."

„Was denn? Haben Sie etwa Platzangst?"

„Nein. Aber ich schmelze."

Kapitel 14

Leonard Frost

Sobald wir wieder auf der Straße waren, fühlte ich mich besser. Ich hätte mich am liebsten meiner Kleider entledigt, aber fürchtete die Reaktionen der Leute um uns herum. So konnte ich einfach nur meinen Mantel öffnen und es genießen, dass der kalte Wind an meinem Körper entlangschnitt.

„Besser?", fragte Katie.

„Besser", bestätigte ich.

„Gut. Denn Sie müssen mir einiges erklären."

„Vergessen Sie es. Ich sagte doch, dass ich mich nicht zu den Dingen äußern werde, die der Arzt gesagt hat."

„Ich will ja gar nicht über Ihre Exfrau reden. Aber über das Mädchen, das Sie angeblich gesehen haben."

Misstrauisch sah ich Katie an. Wollte sie wirklich nicht über Jennifer reden? Das wäre ja mal was ganz Neues, weil eigentlich jeder, der wusste, was geschehen war, mit mir über sie reden wollte. Jeder war der Meinung, dass ich unsere Trennung verarbeiten müsste, dass ich zu Therapien gehen sollte und mich mit allem, was damals geschehen war auseinanderzusetzen hätte. Aber niemand dieser Dilettanten verstand, dass ich mich nicht damit auseinandersetzen wollte. Denn wenn ich akzeptierte, was geschehen war, würde es so viel realer und der Schmerz absolut unerträglich werden.

„Also. Was war das mit diesem Mädchen? Der Doktor hat gesagt, da war niemand."

„Doch. Sie war da. Das versichere ich Ihnen. Ganz bestimmt sogar. Sie war ein Straßenkind."

„Wo sind Sie ihr das erste Mal begegnet? Hat sie gesagt, wo sie herkommt?"

„Ja. Aus Brownsville."

„Sehr zwielichtige Ecke."

„Schon möglich. Aber ich bin überzeugt, wenn ich sie finde, dann kann sie mir sagen, wie ich zurück in meinen Körper komme."

„Also gut. Dann lassen Sie uns loslegen."

Gemeinsam gingen wir zu meinem Zweitwagen und es wurmte mich, dass ich nicht selbst fahren konnte. Wenn Katie auch nur einen einzigen Kratzer in mein Auto fuhr, würde ich sie erwürgen. Aber das war ihr sicher bewusst, so ehrfürchtig, wie sie sich setzte.

Offenbar war es für sie keine Selbstverständlichkeit, ein solches Auto zu fahren, und das gefiel mir. Sie startete den Wagen und fuhr los, wobei mir auffiel, dass sie gar nicht so schlecht fuhr, wenn man bedachte, dass sie so selten hinter einem Steuer saß.

„Mister Frost. Vielleicht sollten wir doch noch über Ihre Frau reden", begann sie und ich ging auf Abwehr.

„Vergessen Sie es. Das ist kein Thema, das Sie zu interessieren hat."

„Aber es wäre doch möglich, dass das auch alles zusammenhängt. Ich meine ... Ihre innere Kälte hat doch bestimmt auch mit Ihrer Frau zu tun."

Ich antwortete nicht. Es spielte keine Rolle, was früher gewesen war. Das war viele Jahre her und hatte mit meiner jetzigen Situation überhaupt nichts zu tun.

„Gut. Dann reden wir eben nicht darüber", sagte Katie und sah wieder nach vorne.

Sie wirkte sehr ernst und aus irgendeinem Grund wünschte ich mir, ihr die Sorgenfalten von der Stirn wischen zu können. Ich wusste gar nicht, wo dieser Wunsch herkam. Das war verrückt, aber ich konnte mir nicht helfen. Um das Bedürfnis zu unterdrücken, sah ich wieder starr nach vorne, weil ich wusste, dass ich so auch die Passanten weniger irritieren würde.

Als wir die Gegend erreichten, in der das Mädchen angeblich wohnte, bezweifelte ich bereits, dass das Ganze so eine gute Idee gewesen war. Mein Auto fiel hier auf wie ein bunter Hund und die meisten Leute starrten es an, als wäre es ein Raumschiff. Wenn wir die Karre hier irgendwo parkten, dann würde sie bestimmt nicht lange stehenbleiben.

„Wir hätten meinen Wagen nehmen sollen", stellte Katie fest, als hätte sie soeben den gleichen Gedanken gehabt.

Ich stieß nur ein tiefes Brummen aus, weil es mir zuwider war, ihr zuzustimmen. Immerhin war ich nach wie vor ihr Boss und es gefiel mir nicht, dass sie anfing, mich ständig in Frage zu stellen.

„Parken Sie da vorne an dem Friedhof", befahl ich. „Sie hat behauptet, dass sie hier irgendwo lebt. Ich hoffe, dass die Leute wenigstens ein bisschen Respekt vor den Toten haben."

Das bezweifelte ich zwar selbst, wollte aber auch nicht darüber diskutieren. Wir mussten das Mädchen suchen und dafür mussten wir auf den Friedhof.

Katie tat, was ich von ihr verlangte und stellte den Wagen ab. Dann stiegen wir aus und ich zog widerwillig den Mantel wieder an. Damit war mir zwar viel zu warm, aber ich hatte keine Lust, alle Menschen zu erschrecken und wollte nicht unnötig Aufmerksamkeit auf mich ziehen.

Katie fühlte sich offensichtlich unsicher und sobald wir auf dem Friedhof waren, rückte sie mir immer weiter auf die Pelle. Hier war nicht viel los, aber die paar Menschen, die den Schnee von den Gräbern räumten und frische Blumen ablegten, sahen uns äußerst skeptisch an. Wir überquerten den gesamten Friedhof und gingen auf der anderen Seite wieder durch ein Törchen.

„Sollen wir nicht lieber über den Friedhof zurückgehen?", fragte Katie.

Ich schüttelte den Kopf. „Sie wird wohl kaum direkt auf dem Friedhof leben. Insofern müssen wir außenrum gehen, um sie zu finden. Ich vermute, dass sie sich irgendwo auf der Straße herumtreibt."

Katie nickte, aber ich sah, dass sie alles andere als begeistert war und nur unwillig meiner Aufforderung folgte. Immer wieder sah sie sich ängstlich um und als ein paar besonders finster wirkende Gestalten auf uns zukamen, griff sie kurzerhand nach meinem Arm und hakte sich bei mir ein.

„Was tun Sie da?", fragte ich abweisend und überlegte, sie abzuschütteln.

„Mich fürchten", gab sie zurück.

„Das ist lächerlich. Sie lenken nur die Aufmerksamkeit auf uns."

„Unsinn. Wir sind ein Pärchen, das gemütlich eine Runde spazieren geht. Daran ist überhaupt nichts Auffälliges. Haben Sie schon irgendwo das Mädchen gesehen, das wir suchen?", fragte Katie und ich schüttelte den Kopf.

„Wenn es so wäre, dann hätte ich es Ihnen schon gesagt."

„Ich denke, wir sollten zurückgehen. Mir ist nicht wohl bei der ganzen Sache."

Ich sah die düsteren Blicke einiger Männer und musste zugeben, dass sie recht hatte. Ich war zwar aus Schnee, aber ich hatte keine Ahnung, ob ich dadurch unverwundbar war. Und Katie war es ganz sicher nicht. Das wurde mir richtig bewusst, als gleich mehrere Männer auf uns zukamen und uns den Weg versperrten.

„Sie haben recht. Wir sollten zurück zum Auto gehen", sagte ich und riss sie herum.

Ich beschleunigte das Tempo und wechselte mit ihr zusammen die Straßenseite. Das hier war eine Schnapsidee gewesen. Als wenn mir das Mädchen einfach so über den Weg laufen würde, wenn ich nach ihr suchte. Bisher war sie ja auch immer nur dann aufgetaucht, wenn sie es gewollt hatte. Unwahrscheinlich, dass sich das jetzt änderte.

Ich zog Katie schnell hinter mir her und blieb dann abrupt stehen, weil uns von vorne ebenfalls Männer entgegenkamen, von denen einer sogar einen Baseballschläger in der Hand hielt.

„Oh Shit", sagte Katie und klammerte sich noch mehr an meinen Arm.

„Verdammter Mist", murmelte auch ich und sah mich nach einem Ausweg um. Ich hatte Katie in diese Situation gebracht und musste ihr unbedingt wieder heraushelfen. Und dann sah ich sie. Das kleine Mädchen stand im nächsten Hauseingang und winkte mich zu sich herüber.

„Kommen Sie mit", sagte ich und zog Katie hinter mir her.

„Was …?", begann sie, aber ich hatte keine Zeit, das mit ihr zu diskutieren.

Ich zog sie hinter mir her und ging zu dem Hauseingang, in dem das Mädchen verschwunden war. Ich drückte die Klinke herunter und war erleichtert, dass die Tür noch offen war. Schnell drängte ich Katie hinein und schloss die Tür hinter uns. Jedoch nicht, ohne schnell noch den kleinen Hebel zu betätigen, der verhinderte, dass man sie von außen ohne Schlüssel öffnen konnte. Ich entfernte mich ein paar Schritte und hörte im nächsten Augenblick, wie jemand gegen das Holz schlug.

„Ey! Aufmachen!", brüllte ein Mann draußen und die Tür erzitterte unter seiner Wut.

„Was machen wir denn jetzt?", fragte Katie mit angsterfüllter Stimme und sah mich mit großen Augen an.

Es war eigenartig, aber ich empfand tatsächlich das Bedürfnis, sie zu beschützen. Ich sah die Treppen hinauf zu den Wohnungen und dann die Stufen hinunter, die in den Keller führten.

„Hier entlang", sagte das Mädchen, das bereits weiter unten stand und winkte mich hinter sich her. Dann war sie auch schon wieder verschwunden.

Erneut rumste es gegen die Tür und mir wurde klar, dass ich nicht viel Zeit hatte, um zu überlegen. Daher griff ich wieder nach Katies Hand und zog sie hinter mir her in den Keller.

„Wo wollen Sie hin?", fragte sie, weil es hier unten verdammt dunkel war.

„Ich habe keine Ahnung", gab ich zu und lief weiter.

Ich konnte das Mädchen vor mir fast nicht mehr erkennen, bis sie durch eine Hintertür verschwand.

Katie bleib verdutzt stehen. „Wer … wer hat die Tür aufgemacht?", fragte sie.

„Das war das Mädchen. Sie müssen sie doch gesehen haben", erklärte ich, aber Katie sah mich nur verständnislos an.

„Egal. Kommen Sie mit oder wollen Sie lieber warten, bis die Männer uns finden?"

Sie schüttelte den Kopf und gemeinsam liefen wir durch die Hintertür und befanden uns plötzlich auf einer komplett anderen Straße. In der Ferne sah ich wieder das Mädchen, das uns zu meiner grenzenlosen Erleichterung wieder ganz in die Nähe von dem Parkplatz geführt hatte.

Doch leider war mein Auto nicht allein. An seiner Tür lehnte ein Mann, der eine Pistole in der Hand hielt. Sobald er Katie und mich sah, stieß er sich von dem Auto ab und kam auf uns zu.

„Hab ich mir doch gedacht, dass Sie früher oder später wieder hier auftauchen", sagte er. „Die Schlüssel und das Geld. Aber zackig."

Kapitel 15

Katie

Himmel. Wo war ich hier nur reingeraten? Ich hatte schon befürchtet, dass es eine dumme Idee war, mit einem Wagen wie dem von Mister Frost in so eine Gegend zu fahren. Ich konnte vermutlich noch froh sein, dass ich nur Alltagsklamotten trug und nicht mein Arbeitsoutfit, denn sonst hätte meine Kleidung auch noch geschrien, dass ich wohlhabend war. So jedoch reichten offenbar der Wagen und natürlich der schicke Mantel von meinem Begleiter.

„Mister Frost …“, sagte ich unsicher.

„Schon gut, Katie. Ruhig bleiben“, sagte er und zog mich tatsächlich hinter sich.

„Machen Sie keine Dummheiten“, sagte der Mann mit der Pistole. „Ich will nur den Wagen und das Geld. Es muss niemandem was geschehen.“

„Sie bekommen mein Auto nicht“, erklärte Mister Frost und machte einen Schritt auf den Mann zu.

Doch wie nicht anders zu erwarten, hörte er nicht auf ihn. Ich fragte mich, was er von Mister Frost halten mochte, der so vermummt war, dass man kein bisschen seiner eisigen Haut sehen konnte.

„Sie wollen das doch gar nicht“, sagte Mister Frost und zog mich hinter sich her, darauf bedacht, dass er mich durchgehend mit seinem Körper abschirmte.

Vorsichtig ging ich hinter ihm her, wurde von dem

Mann aber nicht aus den Augen gelassen.

„Was haben Sie vor?“, fragte er. „Werfen Sie mir einfach den Schlüssel und Ihre Geldbörse zu.“

„Das … das mache ich gleich“, sagte ich, um Zeit zu gewinnen.

Ich ging weiter hinter Mister Frost her, der wie eine Barriere zwischen dem Mann und mir stand. Ob der Mann mit der Pistole einfach durch ihn hindurchschießen konnte? Ich bezweifelte es, aber ganz sicher war ich mir nicht.

„Verdammt! Jetzt werfen Sie mir die Schlüssel rüber!“, rief der Mann. Ich kramte die Schlüssel heraus und überlegte, sie ihm einfach zu geben. Sobald er hatte, was er wollte, würde er hoffentlich verschwinden.

„Tun Sie es nicht, Katie. Wenn Sie ihm die Schlüssel geben, ist der Wagen weg. Und wie kommen wir dann hier fort?“, fragte Mister Frost, der merkte, was in meinem Kopf vorging. „Das können wir nicht machen. Ohne Auto ist es hier noch gefährlicher.“

Er ging weiter auf den Mann zu, der nun unsicher zu werden schien.

„Bleiben Sie weg“, sagte er und sah Mister Frost ängstlich an. „Bleiben Sie mir fern“, wiederholte er und ich sah, wie mein Chef seine Sonnenbrille abnahm.

Offenbar wurde dem Mann jetzt erst klar, dass es kein richtiger Mensch war, den er hier vor sich hatte.

„Weg, hab ich gesagt!“, schrie der Mann, zielte und schoss.

Ich schrie auf, aber nichts geschah. Mister Frost ging nicht zu Boden und das schien den Mann so zu verstören, dass er panisch zurückwich.

„Was sind Sie? Ein Geist?“ Er schrie auf und rannte schreiend davon.

Mister Frost sah sich zu mir um und hielt sich eine Hand an die Brust.

„Mister Frost“, begann ich ängstlich. „Ist …?“

„Ich werde schon nicht verbluten“, zischte er. „Rein ins Auto. Los. Bevor die Nächsten auftauchen.“

Da hatte er wohl recht. Es war höchste Zeit, dass wir hier wegkamen.

Kapitel 16

Leonard Frost

Der Schmerz in meiner Brust war kaum auszuhalten. Ich blutete zwar nicht -wie auch -, aber der Druck war fast unerträglich.

„Mister Frost", rief Katie, während sie weit über dem Tempolimit aus Brownsville herausdüste. „Mister Frost, wie fühlen Sie sich?"

„In mir steckt eine verdammte Kugel. Ich denke, ich hab mich schon besser gefühlt."

„Ich hätte nicht gedacht, dass Sie in Ihrem Zustand überhaupt Schmerzen empfinden können", gab Katie zu. „Immerhin sind Sie aus Schnee."

„Es wäre auch ganz bestimmt schmerzhafter, wenn ich meinen alten Körper noch hätte. Möglicherweise wäre mein Kreislauf dann schon längst zusammengebrochen. Vielleicht spüre ich die Wunde jetzt nur, weil sie so nah am Herzen ist", spekulierte ich.

Ohne Scheu legte Katie eine Hand auf meine Brust und staunte nicht schlecht.

„Sie haben einen Herzschlag?"

Darüber hatte ich bisher noch gar nicht nachgedacht, aber jetzt, wo ich in mich hineinhorchte, stellte ich fest, dass sie recht hatte. Ich hatte tatsächlich einen Herzschlag und der ging im Moment verdammt schnell.

„Sieht ganz so aus", grummelte ich. „Wo fahren Sie mich eigentlich hin?"

„Zu mir nach Hause. Das ist näher als Ihr Penthouse."

„Aber ... wird Ihre Tochter denn nicht zu Hause sein?"

Sie sah auf ihre Uhr. „Nein. Sie wird erst in einer Stunde kommen. Meine Mutter holt sie von der Schule ab."

„Also gut. Aber dann machen Sie schnell. Ich muss diese Kugel loswerden. Sonst werde ich noch verrückt."

Kapitel 17

Katie

Wenn mir vor ein paar Tagen jemand gesagt hätte, dass ich heute einen Schneemann operieren würde, dann hätte ich ihn für verrückt erklärt. Und trotzdem saß ich jetzt mit Mister Frost in meinem Gartenhäuschen und versuchte mit einer Pinzette an die Kugel heranzukommen, die in seiner Brust steckte.

„Aaaaah", schrie er auf, als ich sie vorsichtig in das Loch in seiner eisigen Brust steckte.

„Tut mir leid", sagte ich und zog sie schnell wieder zurück. „Ich würde Ihnen ja Schmerzmittel geben oder eine örtliche Betäubung, aber ich bezweifle sehr, dass das etwas bringen würde."

Er sah mich wütend an. „Seien Sie einfach vorsichtiger, verdammt", schimpfte er.

„Wissen Sie was? Sie können Ihren Scheiß hier gleich alleine machen", gab ich zurück und stand auf. „Ich hab die Nase voll. Immerhin war es nicht meine Idee, nach Brownsville zu fahren. Das ist ganz allein auf Ihrem Mist gewachsen."

Ich wollte mich abwenden, aber Mister Frost griff nach meiner Hand und hielt mich zurück.

„Gehen Sie nicht", bat er und mir fiel auf, dass er mich zum ersten Mal ohne Handschuhe berührte.

Es fühlte sich kalt an, aber trotzdem verspürte ich ein Kribbeln in meiner Magengegend, das da ganz und gar nichts zu suchen hatte. Warum zog sich mein Herz so zusammen, als er mich ansah und warum konnte ich nicht tun, was ich ihm gerade angedroht hatte und einfach gehen?

„Bitte", fügte er hinzu.

Ich setzte mich wieder hin und nahm die Pinzette erneut zur Hand.

„Also gut", sagte ich. „Aber wenn Sie noch einmal zucken, bin ich weg. Dann können Sie die Kugel schön selbst aus Ihrem Körper holen."

Ich rückte das Licht zurecht, sodass ich besser sehen konnte und steckte die Pinzette erneut in das Loch. Natürlich konnte Mister Frost das Zucken nicht unterdrücken, aber zumindest schrie er dieses Mal nicht. Stattdessen ballte er die Fäuste und spannte seinen Körper an. Ich schob die Pinzette weit hinein, spürte einen Widerstand und drückte zu. Dann zog ich vorsichtig daran. Solange, bis die Pinzette mitsamt der Kugel zum Vorschein kam.

„Das ist es also?", fragte Mister Frost ungläubig. „Dieses Ding hat mir solche Schmerzen bereitet?"

„Wären Sie nicht aus Schnee, hätte das Ding Ihnen noch viel mehr Leid zugefügt", stellte ich fest. „Vermutlich hätte es Ihren Lungenflügel komplett durchstoßen und Sie wären jämmerlich erstickt. Bleiben Sie liegen, ich hole was, um das Loch zu stopfen."

Ich lief schnell nach draußen, nahm mir eine Handvoll frischen Schnee und ging wieder hinein. Dort angekommen, steckte ich so vorsichtig wie möglich den Schnee in das Loch.

„Sind Sie sicher, dass das so funktioniert?", fragte Mister Frost und sah mich skeptisch an.

„Keine Ahnung, aber einen Versuch ist es wert."

Ich konzentrierte mich auf meine Aufgabe und ignorierte das Zittern seines Körpers. Offenbar empfand er zumindest in der Nähe seines pochenden Herzens echten Schmerz. Daher beeilte ich mich und strich am Ende noch mal seine Brust glatt.

„Fertig", sagte ich zufrieden und legte meine Hand genau über sein Herz, weil ich es so faszinierend fand, es schlagen zu spüren. Das war verrückt. Immerhin bestand er aus Schnee. War sein Herz dann aus Eis? Möglich war es, aber ich würde bestimmt nicht versuchen, es herauszufinden. Denn irgendetwas sagte mir, dass sein menschliches Herz aufhören würde zu schlagen, sobald sein eisiges Herz es tat.

„Sie müssen vorsichtiger sein", sagte ich ernst. „Sie mögen jetzt aus Schnee sein, aber deswegen sind Sie noch lange nicht Superman."

Ich sah ihn an und er erwiderte meinen Blick mit einer Intensität, die ich nicht erwartet hatte. Waren seine Augen eigentlich immer schon so eisblau gewesen? Als er noch ein Mensch gewesen war, hatte ich ihm so selten in die Augen gesehen, daher konnte ich es gar nicht so genau sagen. Ich wollte meine Hand von seiner Brust nehmen und aufstehen, aber Mister Frost legte seine Finger über meine und hinderte mich daran.

„Nicht", bat er. „Es tut weniger weh, wenn Sie Ihre Hand über meinem Herzen haben."

Kapitel 18

Leonard Frost

Als Katie ihre Hand zurück auf meine Brust legte, durchfuhr mich direkt ein warmes Gefühl, das mir eigenartigerweise nicht die Befürchtung vermittelte, jeden Moment zu schmelzen, wie es im Krankenhaus der Fall gewesen war. Stattdessen schien es mich von innen zu wärmen. So, als hätte ich auf einem Weihnachtsmarkt einen heißen Glühwein getrunken. Nur, dass Glühwein mir zurzeit mit Sicherheit nicht gut getan hätte.

„Ha … haben Sie eigentlich Hunger?“, fragte Katie, weil ihr der Blickkontakt mit mir offenbar unangenehm wurde.

Doch zumindest zog sie ihre Hand nicht von meiner Brust und darüber war ich sehr froh. Denn ich hatte nicht gelogen. Ich fühlte mich tatsächlich besser, solange sie mich berührte. Der Schmerz verebbte und ich konnte wieder freier atmen, obwohl ich mir fast sicher war, dass ich in diesem Körper keine Lunge besaß.

„Nein“, sagte ich, obwohl es nicht ganz stimmte. Ich verspürte Hunger. Allerdings nicht nach Lebensmitteln, sondern vielmehr nach Wärme. Wärme, die offenbar nur Katie mir geben konnte, denn ich bezweifelte, dass sich jede menschliche Berührung so gut angefühlt hätte wie ihre.

Ich spürte ein Kribbeln in meinem Körper und aus irgendeinem unerfindlichen Grund wünschte ich mir gerade nichts mehr, als mich vorzubeugen und herauszufinden, wie es sich wohl anfühlen mochte, Katie zu küssen.

Konnte das vielleicht die Lösung sein? Das Straßenkind hatte davon geredet, dass ich wieder Wärme in mein Herz lassen müsste. Aber ich hatte bisher nicht verstanden, wie das möglich sein sollte. Doch jetzt, wo ich Katies Berührung verspürte, bekam ich eine ungefähre Vorstellung davon, was es sein könnte.

„Glauben Sie an Märchen?", fragte ich mit rauer Stimme.

Katie schluckte. „Eigentlich nicht, aber …"

Sie sah an mir auf und ab und ich verstand schon, was sie meinte. Ich hatte bisher auch nicht an Märchen geglaubt, aber wie es aussah, steckte ich jetzt mitten in einem drin. Insofern war zu vermuten, dass vielleicht doch etwas Wahres dran war.

„Wenn wir davon ausgehen, dass in jedem Märchen ein Funken Wahrheit steckt, dann sollten wir mal darüber nachdenken, wie in den meisten Märchen die Leute erlöst werden. Schneewittchen? Dornröschen? Der Froschkönig?"

Mit hochgezogenen Augenbrauen sah Katie mich an.

„Was?", fragte ich. „Irritiert, dass ich so etwas in Erwägung ziehe?"

„Nein. Ich bin vielmehr irritiert, dass Sie diese Märchen überhaupt kennen."

Ich verkniff mir einen sarkastischen Kommentar. Die Wahrheit war, dass ich die meisten Märchen kannte, in denen irgendwelche Prinzessinnen vorkamen. Aber das würde ich Katie ganz sicher nicht auf die Nase binden.

„Meine Mutter hatte ein Faible für Märchen", erklärte ich stattdessen.

„Ah ja. Und Sie armer Junge waren gezwungen, zuzuhören."

Sie lächelte und komischerweise fühlte ich mich von ihr nicht bloßgestellt, wie es bisher sicher der Fall gewesen wäre, sondern freute mich über ihr Lächeln.

„Könnte man so sagen." Ich erwiderte ihr Lächeln und war froh, dass sie nicht direkt abblockte.

„Ihnen ist aber schon klar, dass Sie in dem Beispiel die schlafende Prinzessin sind", bemerkte Katie.

„Unsinn. Ich bin natürlich der Frosch."

Das brachte sie zum Lachen und mir fiel auf, dass ich diesen Laut bei ihr noch viel zu selten gehört hatte. Natürlich. Wann immer ich in den letzten Jahren aus meinem Büro gekommen war, waren ja auch alle privaten Gespräche verstummt und alle hatten zugesehen, dass sie so schnell wie möglich an die Arbeit kamen. Aber mir fiel jetzt erst auf, wie jammerschade das war. Denn Katies Lachen war glockenhell und wunderschön.

„Sie haben Recht", sagte Katie. „Sie sind der Frosch, Mister Frost. Nun müssen wir nur noch eine Prinzessin finden, die Sie an eine Wand klatscht."

Ich runzelte die Stirn. „An die Wand klatschen? Ich dachte, der Frosch wird freigeküsst."

„Das ist ein Irrglaube. Im Originalmärchen soll die Prinzessin mit dem Frosch das Essen und später auch ihre Schlafstätte teilen, weil der Frosch ihre goldene Kugel aus dem Brunnen geholt hat. Aber sie findet ihn so widerlich, dass sie ihn gegen die Wand wirft. Daraufhin verwandelt er sich zurück in einen Prinzen und heiratet sie."

Ich runzelte die Stirn. „Da gefällt mir die Variante mit dem Kuss besser", gab ich zu.

„Tja. Eine Prinzessin haben wir trotzdem nicht."

„Doch. Haben wir."

Irritiert sah sie mich an.

„Vielleicht ist blaues Blut ja gar nicht nötig", sagte ich. „Immerhin heißen Sie King. Das macht Sie mit Sicherheit zu einer Prinzessin."

Nun zog sie doch ihre Hand von meiner Brust und ich fühlte ein starkes Gefühl des Verlustes.

„Das ist nicht Ihr Ernst", sagte sie geschockt.

Ich seufzte. „Mir gefällt das genauso wenig wie Ihnen", log ich. „Aber wir müssen den Tatsachen ins Auge sehen. Ich muss zurück in meinen Körper. Und dazu dürfen wir nichts unversucht lassen."

„Warum fragen Sie dann nicht jemand anderen? Sarah zum Beispiel. Ich bin sicher, dass sie keine Probleme damit hätte, Sie zu küssen."

Ich schüttelte rigoros den Kopf. „Ich bin mir sicher, dass es einen Grund gibt, warum ich ausgerechnet in Ihrem Garten zu mir gekommen bin. Außerdem kann Ihr Name auch kein Zufall sein."

Sie sah mich ungläubig an. „Aber … Das ist doch Wahnsinn. Ich kann Sie doch nicht einfach küssen. Sie sind mein Boss."

„Ich zahle Ihnen tausend Dollar, wenn Sie es tun."

„Zweitausend", forderte sie. „Und ich bekomme das Geld auch ausgezahlt, wenn es nicht funktioniert."

„Sie nutzen meine Notsituation ganz schön aus, Miss King. Das ist nicht die feine Art."

„Ist mir egal. Entweder so oder gar nicht."

Ich dachte nicht lange darüber nach, sondern nickte. So verzweifelt, wie ich war, hätte ich alles ausprobiert. „Natürlich. Einverstanden. Zweitausend Dollar. Egal, ob es funktioniert oder nicht."

Ich musste es einfach wissen. Selbst wenn es ein Schuss in den Ofen war, aber dann hatte ich es wenigstens probiert.

„Ich glaube nicht, dass das etwas bringt", sagte Katie skeptisch. „Aber wenn Sie unbedingt zweitausend Dollar loswerden wollen, gerne."

Ich stand auf und trat auf Katie zu, die nun doch etwas unsicher zu werden schien.

„Warum sollte es nicht funktionieren? Ein Kuss ist in Märchen doch das Allheilmittel schlechthin."

„Das stimmt. Aber muss der Kuss nicht von jemandem kommen, den man liebt?"

Ich schüttelte den Kopf und sah auf sie hinunter. „Unsinn", sagte ich. „In den meisten Märchen hat der Prinz die Prinzessin noch nie gesehen, wenn er sie freiküsst. Und ich bezweifle, dass die Prinzessin den Froschkönig geliebt hat, als sie ihn gegen die Wand gepfeffert hat. Also. Was ist jetzt? Wollen Sie die zweitausend Dollar oder nicht?"

Katie nickte, machte aber keine Anstalten, auf mich zuzukommen. Also ergriff ich die Initiative, trat auf sie zu, nahm ihr Gesicht in meine Hände und küsste sie.

Kapitel 19

Katie

Es war wie ein Feuerwerk der Gefühle. Seine kalten Hände an meinen Wangen und seine kühlen Lippen auf den meinen sorgten dafür, dass mein Herz völlig aus dem Rhythmus geriet. Niemals, nein, wirklich nie im Leben hätte ich gedacht, dass ich Mister Frost eines Tages küssen würde. Und erst recht hätte ich nicht erwartet, dass es sich so gut anfühlen könnte.

Nur mit Mühe widerstand ich dem Bedürfnis, meine Arme um seinen Hals zu schlingen und mich eng an ihn zu drücken. Denn zu meiner Überraschung fühlte es sich gar nicht so an, als würde ich Schnee küssen. Ja, er war kalt, aber seine Lippen waren trotzdem geschmeidig, als hätte er nur zu lange in der Kälte gestanden. Obwohl ich es nicht wollte, machte ich einen Schritt auf ihn zu und schloss die Augen, während er mich weiter küsste, und zwar mit einer Zärtlichkeit, die ich ihm niemals zugetraut hätte.

Er öffnete leicht den Mund und ich war versucht, es ihm gleichzutun, als plötzlich die Tür aufschlug. Wind kam herein und Mister Frost und ich fuhren erschrocken auseinander. Doch das änderte nichts daran, dass sie uns gesehen hatte.

„Mommy?", rief Phoebe überrascht. „Aber was tust du denn da?"

„Hast du mir nicht gesagt, dass Magie nur in Märchen passiert?“, fragte Phoebe. „Wie kann es dann sein, dass dein Chef jetzt in meinem Schneemann drinsteckt?“

Mister Frost schüttelte den Kopf. „Ich habe keine Ahnung“, gab er an meiner Stelle zu. „Ich hatte am Samstag einen Unfall und heute Morgen ... bin ich so aufgewacht, wie ich jetzt bin.“

Ich wartete eigentlich immer noch darauf, dass meine Tochter einen Schreianfall bekommen würde und panisch davonlief, aber das war bisher nicht geschehen und ich war unglaublich stolz auf meine Kleine. Phoebe hatte immer schon ein Faible für das Übersinnliche gehabt und war auch heute noch davon überzeugt, dass es Weihnachtsengel wirklich geben musste. Insofern war es wohl nur logisch, dass sie die Tatsache, dass ihre Schneeskulptur lebendig geworden war, einfach so hinnahm.

„Das ist doch toll“, sagte sie mit roten Wangen. „Jetzt hab ich meinen eigenen Schneemenschen.“

Mister Frost räusperte sich vernehmlich. „Nun. Tut mir leid, dich enttäuschen zu müssen, Phoebe. Aber deine Mutter und ich tun im Moment alles, was uns einfällt, um diese Verwandlung wieder rückgängig zu machen. Denn um ehrlich zu sein, bin ich nicht gerne ein Schneemensch.“

Phoebe grinste. „Klar. Deswegen hast du auch Mommy geküsst, ja?“

„Das war in der Tat ein Versuch, mich zurück in meinen Körper zu katapultieren. Bedauerlicherweise hat es nicht funktioniert."

„Und du hast mitgemacht, Mommy?", fragte Phoebe und kicherte.

„Das … Na ja. Ich musste doch versuchen, Mister Frost zu helfen, Schätzchen", erklärte ich. „Das hätte jeder getan."

Mister Frost sah mich an, als wolle er mich an die zweitausend Dollar erinnern, die er mir geboten hatte, aber ich ging nicht darauf ein.

Phoebe schien aber ohnehin schon viel weiter zu sein mit ihren Gedanken.

„Was sagen wir denn Granny?", fragte sie. „Nicht, dass sie sich wundert."

„Wir sagen einfach, Mister Frost wäre nur zu Besuch da", bestimmte ich. „Da sie ihn ja ohnehin kaum sehen kann, ist das schon in Ordnung."

„Ihre Mutter ist blind?", fragte Mister Frost überrascht und ich schüttelte den Kopf.

„Nicht ganz. Aber sie ist sehr eingeschränkt in ihrem Sehen. In den letzten zehn Jahren hat ihr Augenlicht so stark abgenommen, dass sie nur noch einen Bruchteil ihrer eigentlichen Sehfähigkeit besitzt. Eine OP könnte helfen, aber …"

Ich verstummte. Ich wollte meinen Chef nicht damit nerven, dass ich mehr Geld brauchte. Das wäre unverschämt, da er mir in Zukunft ja ohnehin schon mehr bezahlen würde als bisher.

Phoebe zupfte an meiner Jacke. „Das mit dem Kuss hat ja nicht geklappt. Also muss es was anderes geben, um deinen Chef zurückzuverwandeln. Warum wurde er überhaupt verwandelt? Wisst ihr das?"

Ich schüttelte den Kopf. „Wir wissen nichts Konkretes. Nur, dass ein Mädchen ihm gesagt hat, er müsse wieder mehr Wärme in sein Leben lassen, weil er nur so wieder glücklich werden könne."

„Ein Mädchen?", fragte Phoebe. „Mir hat ein Mädchen bei meinem Schneemann geholfen."

Mit großen Augen sah ich meine Tochter an.

„Ach. Ich dachte, den hättest du allein gemacht."

Verschämt wich Phoebe meinem Blick aus. „Na ja … fast. Du hast mich in den letzten Wochen immer so spät von der Schule geholt und da hab ich an der Figur weitergearbeitet. Irgendein Lehrer war zwar immer noch da, aber die sind lieber drinnen geblieben und dann war ich alleine draußen."

„Und was war mit dem Mädchen?", fragte Mister Frost, der das Gleiche zu denken schien wie ich.

„Ich weiß nicht", sagte Phoebe. „Sie war auf einmal da und hat mich gefragt, ob sie mir helfen soll. Und dann haben wir das zusammen gemacht. Sie ist jeden Tag gekommen, um mir zu helfen. Am Freitag hab ich sie das letzte Mal gesehen."

„Kanntest du sie?", fragte ich. „Geht sie zu deiner Schule?"

Phoebe schüttelte den Kopf. „Nein. Ich glaub nicht. Ich hab sie auf jeden Fall noch nie gesehen."

„Hat sie dir ihren Namen gesagt?", fragte Mister Frost.

„Sie hat gesagt, ich soll sie Angel nennen."

Mein Mund wurde trocken und ich wusste nicht so ganz, ob ich geschockt oder fasziniert sein sollte. Hieß das etwa, dass das Mädchen ein Engel war? Abgesehen von Mister Frost und offenbar auch meiner Tochter schien das Mädchen niemand gesehen zu haben und ich mochte mir gar nicht vorstellen, was das zu bedeuten hatte.

Mister Frost räusperte sich, als wenn ihm selbst gerade erst klar geworden wäre, was das alles zu bedeuten hatte.

„Also gut. Dann gehen wir mal davon aus, dass es sich um dasselbe Mädchen handelt", sagte er. „Wir müssen annehmen, dass sie Phoebe mit Absicht geholfen hat, weil sie die Schneeskulptur vorbereiten wollte. Für mich."

Das war naheliegend, also nickte ich. „Aber wenn sie eine Art Engel ist, dann werden wir sie bestimmt nicht einfach so finden."

„Nein. Aber was soll ich dann tun?"

„Du musst tun, was sie dir gesagt hat", erklärte Phoebe, als wäre es ganz logisch. „Du musst Gutes tun, um Wärme in dein Herz zubringen."

Skeptisch sah mein Chef Phoebe an. „Gutes tun? Du meinst so etwas wie Geld spenden?"

„Ja. Genau. Geld spenden, in einer Suppenküche arbeiten, im Tierheim aushelfen … sowas halt."

Mister Frost wirkte ernsthaft geschockt, so als hätte Phoebe ihm vorgeschlagen in seinem Zustand in die Sauna zu gehen oder ein heißes Bad zu nehmen.

„Und was soll das bringen?", fragte er wenig überzeugt.

„Das könnte Ihr Karma verbessern", sagte ich, um die Idee meiner Tochter zu unterstützen. „Es wäre möglich, dass das die Lösung ist. Sie sollen mehr Wärme in Ihr Leben lassen. Und was gibt einem ein besseres Gefühl, als anderen Menschen etwas Gutes zu tun? Besonders an Weihnachten. Einen Versuch ist es auf jeden Fall wert."

Mister Frost schien noch nicht überzeugt zu sein, aber ich war mir sicher, dass wir der Lösung mit diesem Ansatz immer näher kamen.

„Nun ja. Versuchen könnte ich es in der Tat. Am besten gehen Sie gleich morgen ins Büro und veranlassen für mich die Überweisung von zehntausend Dollar an die katholische Kirche."

Ich schüttelte den Kopf. „Die katholische Kirche würde sich zwar bestimmt über Ihre Großzügigkeit freuen, aber ich vermute, dass es besser etwas sein sollte, das Ihnen am Herzen liegt. Da wird es doch sicher irgendetwas geben."

Mister Frost antwortete nicht, aber ich sah, wie es in ihm arbeitete. Ich hatte mich nicht geirrt. Obwohl er immer so unnahbar wirkte, hatte es einmal etwas gegeben, das ihm etwas bedeutete. Die Frage war nur, was das wohl gewesen sein mochte.

Kapitel 20

Leonard Frost

Der Abend war erstaunlicherweise sehr nett. Katies Familie war sehr freundlich zu mir. Sowohl ihre kleine Tochter als auch ihre halbblinde Mutter. Sie wunderte sich zwar sehr darüber, dass ich nichts essen wollte, aber ich fürchtete, dass alle Lebensmittel, die ich zu mir nahm, irgendwo in meinem Körper steckenbleiben würden, insofern ließ ich es vorsichtshalber nicht darauf ankommen. Stattdessen versuchte ich mich mit der Dame zu unterhalten, um sie bei Laune zu halten.

„Und Sie sind also der Chef, von meiner Tochter, ja?", fragte Mrs. King.

„Das ist richtig", pflichtete ich ihr bei. „Ihre Tochter ist eine sehr zuverlässige Mitarbeiterin."

Katie sah mich an, als hätte sie nicht erwartet, so etwas von mir zu hören, aber ich sagte nichts dazu.

„Ich kann mir nicht helfen, aber Sie sehen sehr blass aus", sagte Mrs. King. „Und wenn mir so etwas auffällt, muss es schon was heißen."

„Ich verwende eine spezielle Gesichtscreme, weil ich an einer starken Sonnenallergie leide. Ohne diese Creme könnte ich das Haus gar nicht verlassen", improvisierte ich.

„Oh. Das ist ja interessant. Tragen Sie auch deswegen die Handschuhe?"

„Ganz genau.“ Ich hatte den Handschuh nicht ausgezogen, als ich ihr die Hand geschüttelt hatte, um zu verhindern, dass sie sich vor meiner kalten Hand erschreckte. Offenbar hatte sie aber trotzdem Verdacht geschöpft.

„Davon hat Katie mir gar nichts erzählt. Dann ist das sicher auch der Grund, warum Sie oft so lange im Büro bleiben, nicht wahr?“

„Ja. Da haben Sie recht. Ich warte am liebsten, bis es dunkel ist, bevor ich das Büro verlasse.“

Phoebe lachte. „Dann kannst du im Winter ja immer ganz früh nach Hause. Da wird es doch schon ganz früh dunkel.“

Darauf sagte ich nichts und ärgerte mich über die Klugheit dieses Kindes. Offensichtlich hatte sie die Weisheit mit Löffeln gefressen.

„Ich denke, es wird langsam Zeit, dass du ins Bett kommst. Es ist schon verdammt spät, Phoebe-Maus“, sagte Katie und erlöste mich dadurch aus meiner Verlegenheit.

„Ist gut, Mommy.“ Sie sah zu mir hinüber. „Kannst du mir noch eine Gute-Nacht-Geschichte erzählen?“

„Was?“, fragte Katie überrascht. „Aber das macht Granny doch sonst immer.“

„Schon gut“, sagte Mrs. King. „Das Kind ist aufgeregt, weil jemand Neues am Tisch sitzt. Soll sie ruhig die Geschichte von Mister Frost bekommen. Natürlich nur, wenn es Ihnen nichts ausmacht.“

Sie sah zu mir und ich hätte ihr am liebsten gesagt, dass es mir sehr wohl etwas ausmachte. Ich konnte Kinder nicht leiden und wollte sie am liebsten so weit von mir weghaben wie möglich. Aber falls es stimmte, dass ich mehr Gutes tun musste, um wieder meinen alten Körper zurückzubekommen, dann würde ich wohl einfach mal damit anfangen müssen.

„Natürlich macht es mir nichts aus", sagte ich und versuchte mich an einem Lächeln. „Gar kein Problem."

„Sie müssen das nicht tun", stellte Katie klar. „Phoebe ist heute wohl etwas übermütig."

„Aber Mom."

„Nein, Phoebe. Es ist sehr unhöflich, das von einem Fremden zu verlangen."

„Aber er ist doch gar nicht fremd. Er ist mein Schnee …"

„Schon in Ordnung", grätschte ich dazwischen. „Es ist okay. Ich erzähle dem Kind gerne eine Geschichte."

Ich rang mir ein zuversichtliches Lächeln ab und Katie nickte zögerlich.

„Also gut. Dann helfe ich dir eben, dich fertigzumachen, Phoebe."

Sie stand auf und ging mit ihrer Tochter nach oben, sodass ich mit ihrer Mutter im Esszimmer zurückblieb.

„Meine Katie ist ein guter Mensch", sagte Mrs. King.

„Da haben Sie bestimmt recht."

„Lieben Sie sie?"

Wäre ich noch in meinem alten Körper gewesen, dann hätte ich mich jetzt vermutlich verschluckt, aber da ich aus Schnee war, klappte mir einfach nur der Mund auf, so sprachlos war ich. Was allerdings wie verrückt in meiner Brust hämmerte, war mein Herz, das sich offenbar schmerzhaft nach der Wärme von Katies Berührung sehnte.

„Wie … wie kommen Sie denn darauf?", fragte ich, sobald ich mich wieder beruhigt hatte.

„Warum sonst sollten Sie Katie nach Hause begleiten?“, fragte Mrs. King. „Wenn Sie nur auf Geschlechtsverkehr aus wären, dann hätten Sie bestimmt eher ein Hotelzimmer gebucht, als zu ihr nach Hause zu kommen.“

„Nun …“ Ich räusperte mich aus alter Gewohnheit und um Zeit zu gewinnen. „Ich liebe Ihre Tochter nicht. Nein. Tut mir leid. Da muss ich Sie enttäuschen.“

„Warum nicht?“

„Wa … warum nicht?“

„Ja. Warum nicht? Sie ist ein wunderbarer Mensch. Sie ist hübsch, jung und klug. Und sie scheint sich gut um Sie und Ihre Geschäfte zu kümmern. Sie müssten ein Idiot sein, sie nicht zu lieben.“

Ich lachte leise. „Mrs. King. Bei allem Respekt, aber so einfach ist das nicht.“

„Ich denke schon. Liebe ist nicht kompliziert, Mister Frost. Wir müssen uns nur darauf einlassen.“

Das stimmte mich nachdenklich und ich war froh, als Katie nach mir rief und mich somit davon erlöste, mich weiter mit ihrer Mutter zu unterhalten, die mit ihren trüben Augen mehr zu sehen schien als so mancher Normalsehende.

„Mister Frost. Phoebe wäre dann so weit“, rief Katie und ich folgte ihrer Stimme die Treppe hinauf.

Das Häuschen war wirklich winzig. Oben gab es nur vier Türen. Die eine führte in ein Bad und die anderen schienen die Schlafzimmer von Katie, ihrer Mutter und ihrer Tochter zu sein. Drei Generationen unter einem Dach. Das war bestimmt nicht einfach, aber ich wusste gar nicht, warum ich mir darüber überhaupt Gedanken machte.

Ich trat ins Zimmer von Phoebe, die bereits in ihrem Bett lag und mich erwartungsvoll ansah.

„So, Phoebe. Dann schlaf mal gut", sagte Katie und drückte ihrem Kind einen Kuss auf die Stirn. „Und überfordere Mister Frost nicht. Einverstanden?"

„Nein. Mach ich nicht. Keine Sorge, Mommy."

Katie nickte und ging dann an mir vorbei. „Wenn etwas ist, dann rufen Sie mich", raunte sie mir zu, so als würde sie mich mit einem Löwen allein lassen.

Ich nickte und setzte mich dann zu Phoebe ans Bett.

„Macht es dir etwas aus, wenn wir kurz das Fenster aufmachen?", fragte ich, weil ich schon wieder anfing zu schwitzen.

„Natürlich nicht. Warum ziehst du nicht einfach deinen Anzug aus, wenn dir so warm ist?"

Ich wollte erst widersprechen, aber es wäre Unfug, mit diesem Kind zu diskutieren. Daher öffnete ich das Fenster und zog zuerst mein Jackett und danach mein Hemd aus. Sobald die kalte Luft meinen Körper traf, fühlte ich mich gleich viel besser.

„Du darfst nicht so lange im Haus sein", sagte Phoebe und sah mich mit großen Augen an.

„Da könntest du recht haben", bestätigte ich und zog die Decke höher bis an Phoebes Kinn, damit sie nicht fror. Ich brauchte die Kälte, aber Phoebe konnte davon krank werden. „Sobald ich dir eine Geschichte erzählt habe, werde ich wieder nach draußen gehen."

„Das ist gut. Weißt du schon, was du machen willst, um Gutes zu tun?"

Ich schüttelte den Kopf. „Nein. Das weiß ich noch nicht. Ich weiß gar nicht so recht, wo ich anfangen soll."

„Wie wäre es mit einer Gute-Nacht-Geschichte?"

„Ich bin nicht so gut darin, Geschichten zu erzählen."

„Ach bitte. Versuch es doch."

„Worum soll es denn in der Geschichte gehen?"

„Hm ... Um einen Babyeisbär und um einen Wolf und ein Reh."

Ich lachte. „Na, das passt ja wunderbar zusammen", bemerkte ich und fing dann einfach an, ohne lange darüber nachzudenken. „Es waren einmal ein Wolf und ein Reh, die sich sehr liebten. Da sie keine Kinder zusammen bekommen konnten, adoptierten sie einen Babyeisbär. Sie liebten dieses Kind von ganzem Herzen. Doch eines Tages wurde der Babyeisbär krank. Er bekam eine ganz schlimme Krankheit und es ging ihm immer schlechter. Der Wolf und das Reh versuchten alles, um den kleinen Eisbär zu retten. Sie gingen mit ihm zu vielen Ärzten, ließen den Eisbär operieren, aber nichts half. So kam es, dass der Babyeisbär eines viel zu frühen Tages in den Eisbärhimmel hinüberging. Das machte das Reh so traurig, dass es davonlief. Es fand einen stattlichen Rehbock und bekam mit ihm ein hübsches Rehkitz. Es vermisste zwar immer noch den Babyeisbär, aber es wusste, dass dieser nun an einem besseren Ort war."

„Und was wurde aus dem Wolf?", fragte Phoebe mich.

„Der Wolf blieb alleine, weil er es so wollte und streift seither als einsamer Wolf durch die Wälder."

„Das ist aber traurig", stellte Phoebe fest.

„Das stimmt. Aber im Leben ist nicht immer alles schön."

„Aber es ist doch nur eine Geschichte."

„Auch Geschichten können manchmal traurig enden."

„Das gefällt mir nicht. Ich will eine neue Geschichte."

Das war zu erwarten gewesen und ich fragte mich, warum ich ihr nicht einfach eine abgedrehte Variante von Dornröschen erzählt hatte. Was war überhaupt mit mir los in letzter Zeit? Also abgesehen davon, dass ich seit neuestem aus Schnee bestand.

„Also gut. Dann sagen wir, der Wolf war so einsam, dass die Waldgeister sich irgendwann erbarmten und ihm ein kleines Kaninchen schickten. Somit war der Wolf nicht mehr allein und war glücklich bis in alle Zeiten."

„Und was ist mit der Mama des Kaninchens?"

„Das wurde von dem Wolf natürlich auch in die Familie aufgenommen und der Wolf hatte es sehr lieb."

Wenn ein Wolf ein Reh lieben konnte, warum dann nicht auch ein Kaninchen? Mir war alles recht, solange dieses Kind nur endlich Ruhe gab.

„Okay. Das ist ein schönes Ende. Das gefällt mir."

„Gut. Dann schlaf jetzt. Ich mache das Fenster wieder zu."

„Ist gut. Danke. Kannst du mir auch noch meine Spieluhr anmachen?"

Sie deutete auf eine Schneekugel neben ihrem Bett und ich nahm sie nachdenklich zur Hand.

In der Schneekugel war ein hübsches kleines Haus zu sehen und davor bauten eine Frau und ihre Tochter einen Schneemann.

„Das ist eine sehr schöne Schneekugel", sagte ich.

„Finde ich auch. Mein Papa hat sie mir geschenkt."

„Dein Papa? Aber ich dachte …"

„Ich kenne meinen Papa nicht, aber ich bin sicher, dass sich das irgendwann ändern wird. Das hat Angel mir auch versprochen."

Ich schluckte, drehte den kleinen Hebel an der Schneekugel und hörte dann die leisen Klänge von ‚Stille Nacht'. Ich setzte die Kugel wieder ab und beobachtete einen Moment nachdenklich, wie der Schnee in der Kugel nach unten rieselte.

Dann stand ich auf und wollte zur Tür gehen.

„Mister Schneemann?", sagte Phoebe und hielt mich damit zurück.

„Ja?"

„Danke für die schöne Geschichte."

„Gern geschehen."

„Und … Wie heißt du eigentlich richtig?"

Ich lächelte. „Frost", sagte ich.

„Nein. Ich meine deinen richtigen Namen. Frost nennen dich doch nur die Erwachsenen."

Ich sah sie eine Weile nachdenklich an. „Leonard", sagte ich dann. „Leonard Frost."

Kapitel 21

Katie

Als Mister Frost aus Phoebes Zimmer kam und langsam die Tür hinter sich schloss, traute ich mich gar nicht, ihn anzusehen. Ich saß mit dem Rücken an der Wand im Flur und kämpfte mit den Tränen. Mir war klar, dass ich nicht hätte lauschen sollen. Aber ich würde meine kleine Tochter ganz bestimmt nicht mit einer lebendig gewordenen Schneeskulptur allein lassen. Selbst dann nicht, wenn es sich dabei um meinen Chef handelte. Insbesondere dann nicht, um genau zu sein. Denn ich kannte meinen Chef gut genug, um zu wissen, wie er zu Kindern stand. Er konnte sie nicht leiden. Sie waren für ihn lästige Parasiten. Viel zu laut und viel zu nervig, um sie auch nur in seiner Nähe zu haben.

Ich hatte ihn schon mehrfach die Straßenseite wechseln sehen, wenn eine Gruppe fröhlich lachender Kinder auf ihn zukam. Um Spielplätze machte er einen riesigen Bogen und auf den Firmenfeiern war striktes Kinderverbot. Ich erinnerte mich auch noch genau an seinen Schock, als ich Phoebe einmal mit zur Arbeit gebracht hatte, weil meine Mutter krank gewesen war. Das hatte ich danach nie wieder getan und ich hatte wohl froh sein können, dass er mich nicht wegen dieser Sache gefeuert hatte.

„Sie haben zugehört", sagte Mister Frost, sobald er mich entdeckte, und sah auf mich herunter.

Ich nickte und wischte mir eine Träne weg, die langsam meine Wange herunterrollte. Mir war klar, dass ich mich dafür entschuldigen sollte, dass ich gelauscht hatte, aber das konnte ich einfach nicht.

„Ist … ist es das, was Ihnen passiert ist?“, fragte ich. „Sind Sie der einsame Wolf?“

Mister Frosts Gesicht verschloss sich und er wandte sich ab, um die Treppe hinunterzugehen.

„Warten Sie“, bat ich und rappelte mich auf, um ihm zu folgen. Ich erwischte ihn erst, als er schon draußen im Garten stand.

Ich hüpfte ihm auf einem Bein hinterher, weil ich gleichzeitig versuchte meine Schneeboots anzuziehen, und wäre fast mit ihm zusammengestoßen. Denn zu meiner Überraschung hatte er aufgehört, vor mir davonzulaufen. Er stand nun stumm mitten in meinem Garten und sah hinauf zu den Sternen. Es war ein eigenartiger Anblick. Er hatte sein Jackett und sein Hemd nicht wieder angezogen, sodass ich seine weiße Gestalt in der Dunkelheit gut erkennen konnte. Ich hoffte, dass gerade jetzt keiner der Nachbarn nach draußen sah.

Doch selbst wenn, wäre es mir egal gewesen. Denn Leonard bot einen so atemberaubenden Anblick, dass ich kaum an mich halten konnte. Sein breiter Rücken sah beeindruckend aus und obwohl ich wusste, dass in ihm ein Herz aus Eis steckte, wünschte ich mir gerade nichts mehr, als mich an ihn zu schmiegen und ihm Trost zu spenden.

„Mister Frost, ich …“

„Nennen Sie mich Leonard“, sagte er und sah sich zu mir um. „Ihre Tochter hat recht. Das ist mein Name und es ist lange her, dass ich ihn verwendet habe.“

„Aber … das wäre respektlos. Immerhin sind Sie mein Boss."

„Im Moment bin ich eine verzauberte Schneeskulptur und habe keine Ahnung, ob sich daran je wieder etwas ändern wird. Und wenn ich dieses Problem nicht bald gelöst habe, werde ich wohl spätestens im Frühling anfangen zu schmelzen."

Diese Vorstellung jagte mir einen Schauer über den Rücken und mir wurde plötzlich klar, dass ich alles tun würde, um das zu verhindern. Zur Not würde ich ihn in irgendeiner Kühlzelle einsperren. Hauptsache, er verschwand nicht von der Bildfläche. Es war mir nie aufgefallen, aber ich hing tatsächlich an meinem griesgrämigen Chef und wollte nicht, dass er einfach so dahinschmolz.

„Erzählen Sie mir von dem Reh", bat ich. „Und … und von dem Eisbärbaby."

Mister Frost seufzte und ich erkannte den Schmerz in seinem Gesicht. Er sah wieder hinauf zu den Sternen, die in dieser Nacht ganz besonders klar und deutlich zu sehen waren. Ich fürchtete schon, dass er meiner Aufforderung nicht nachkommen würde, aber dann begann er doch zu reden.

„Jennifer war meine Frau. Wir haben uns schon auf dem College kennengelernt und für uns war immer klar, dass wir eine Familie haben wollten. Als wir beide mit dem Studium fertig waren, setzten wir die Verhütung ab. Doch nichts geschah. Wir versuchten es zwei Jahre lang ohne Erfolg und ließen dann beide Untersuchungen bei uns durchführen."

„An wem hat es gelegen?", fragte ich vorsichtig und stellte mich neben ihn.

„An keinem von uns.“

Überrascht sah ich ihn an.

„Ja. Kaum zu glauben, nicht wahr? Wir waren beide kerngesund und hätten vermutlich mit jedem anderen Partner auf der Welt Kinder bekommen können. Nur miteinander nicht. Wir waren sozusagen inkompatibel.“

„Aber … Ist das überhaupt möglich? Davon habe ich noch nie gehört.“

„Es ist selten, aber es kommt vor.“ Er schüttelte den Kopf. „Es kam uns so ungerecht vor. Wir liebten uns sehr und wünschten uns gemeinsame Kinder. Aber miteinander war das unmöglich. Wir zogen einen Samenspender in Betracht, weil es dann wenigstens Jens Kind gewesen wäre. Aber ich hatte Angst, dass ich es ihr immer neiden würde, dass sie ein Kind hatte und ich nicht. Aus den gleichen Gründen wäre eine Leihmutter nicht in Frage gekommen. Ganz abgesehen von den moralischen Problemen.“

Er machte eine Pause und ich schwieg, weil ich hoffte, dass er von allein weitersprechen würde. Nach einer Weile tat er das auch.

„Wir haben uns für eine Adoption entschieden. Ein kleines Mädchen aus Afrika. Tamina. Wir waren beide jung und gut situiert, also war die Adoption kein Problem. Tamina war erst sechs Monate alt, als sie zu uns kam und sie war das größte Glück unseres Lebens.“

Ich schluckte und konnte kaum glauben, was ich da hörte.

„Ihr Lachen, ihr fröhliches Wesen und all die Liebe, die sie ausstrahlte. Sie brachte Jen und mich einander näher als wir es je gewesen waren. Und dann …“ Er brach ab.

„Dann wurde sie krank", ergänzte ich.

Mister Frost nickte.

„Was hatte sie?"

„Krebs. Blutkrebs. Unheilbar."

Ich schluckte.

„Ich hätte alles getan, um sie zu retten. Alles. Ich war mit ihr bei jedem Experten in den USA, habe alle Therapien in Erwägung gezogen und keine Kosten gescheut, um ihr die beste Behandlung angedeihen zu lassen. Aber es heißt ja: Seine liebsten Engel holt Gott als Erstes zu sich zurück. Das hat Jen zumindest immer gesagt, um mich zu trösten."

Ich wusste, dass es falsch war, aber ich konnte nicht anders und ergriff seine Hand. Er ließ es zu und entzog sie mir nicht.

„Sie ist also gestorben?", fragte ich.

Er nickte. „Ja. Sie war gerade mal vier Jahre alt."

Ein Kribbeln lief über meinen Rücken. Wie schrecklich.

„Sie hat nicht lange leiden müssen. Das ist das einzig Positive, was ich darüber sagen kann. Sie schlief irgendwann einfach ein und wachte nicht mehr auf. Jen und ich waren die ganze Zeit an ihrer Seite."

„Was … was ist danach aus Jennifer geworden?"

Er schüttelte den Kopf. „Sie wissen ja sicher, dass extrem viele Paare sich trennen, nachdem sie ein Kind verloren haben. Jen und mir ging es genauso. Wir haben uns gegenseitig Vorwürfe gemacht und einander ständig an Tamina erinnert. Ich weiß, dass ich selbst große Schuld daran trage. Aber …"

„Was ist passiert?"

„Ich habe sie verlassen. Daraufhin hat sie meinen Bruder geheiratet und die beiden haben ein Kind bekommen."

Geschockt sah ich ihn an.

„Was? Das ist ja furchtbar."

Er zuckte mit den Schultern. „Ich empfinde nichts mehr für Jen. Schon lange nicht mehr. Aber es war trotzdem hart, dass sie mit ihm ein Kind bekommen konnte und mit mir nicht. Und dass dieses Kind kerngesund zu sein scheint."

Ich leckte mir über die Lippen und versuchte meine Gefühle zu sortieren. Himmel. Das war so schrecklich, dass ich es gar nicht in Worte fassen konnte. Ich hatte immer befürchtete, dass Mister Frost einen guten Grund dafür haben musste so griesgrämig zu sein, wie er eben war. Aber ich hatte trotzdem nicht erwartet, dass …

„Sie haben jedes Recht, den beiden ihr Glück zu missgönnen", sagte ich. „Ich fände es grausam, von Ihnen zu verlangen, dass sie sich für ihren Bruder und ihre Exfrau freuen." Meine Hand in seiner wurde langsam kalt, aber ich ließ sie trotzdem nicht los. Im Gegenteil. Ich trat sogar noch näher zu ihm heran und legte meine freie Hand auf seine Brust, in der sein eisiges Herz schlug.

„Es ist kein Wunder, dass keine Wärme mehr in Ihrem Herzen ist. Das kann ich nach alldem verstehen. Aber vielleicht ist die Lösung ja, dass Sie Ihrer Familie vergeben. Dass Sie ihnen verzeihen und in Zukunft nach vorne sehen und nicht mehr in der Vergangenheit leben. Möglicherweise wäre es das, was helfen würde."

Mister Frost sah mich nachdenklich an und legte dann seine Hand über meine. „Möglich wäre es", gab er zu. „Aber ich glaube nicht, dass mir das gelingen würde. Ich versuche erst einmal die Variante mit der Nächstenliebe."

Er ließ mich wieder los und ging dann auf den Schuppen zu.

„Was haben Sie vor?", fragte ich und fühlte mich plötzlich alleingelassen.

„Ich gehe schlafen", erklärte er.

„Im Schuppen?"

„Wo soll ich denn Ihrer Meinung nach sonst schlafen? Bei Ihnen im Schlafzimmer?"

Ich wurde rot. „Nein. Aber vielleicht auf der Couch?"

„Wenn ich das tue, ist von mir morgen früh vermutlich nur noch eine Wasserpfütze übrig. Nein, danke. Ich begnüge mich mit dem Schuppen."

„Ich könnte Sie nach Hause bringen", schlug ich vor. „Wenn Sie alle Fenster öffnen, kommt doch bestimmt genug Kälte herein."

Er drehte sich zu mir um und sah mich an. „Darüber habe ich nachgedacht", gab er zu. „Aber ich habe mich dazu entschlossen, dass ich lieber bei Ihnen bleiben möchte, Miss King. Es … ich kann es auch nicht erklären, aber ich habe einfach Angst, dass mein Herz aufhören könnte zu schlagen, wenn ich nicht mehr in Ihrer Nähe bin."

Ohne das genauer zu erklären, drehte er sich wieder weg und öffnete den Schuppen. „Bis morgen, Miss King. Schlafen Sie schön."

„Gute Nacht", rief ich ihm noch hinterher und ging dann reichlich verwirrt wieder ins Haus.

„Ist alles in Ordnung?", fragte meine Mutter, als ich hereinkam.

„Ja. Alles gut", antwortete ich und entledigte mich dabei meiner Stiefel.

„Schläft dein netter Chef denn gar nicht hier?"

„Nein. Es ist ihm hier zu warm", entschlüpfte es mir, bevor ich es verhindern konnte.

Meine Mutter lachte. „Na, das ist ja mal eine Ausrede. Ihr könntet doch das Fenster aufmachen im Schlafzimmer."

„Mom!", rief ich. „Mister Frost und ich sind nicht …"

„Nein. Natürlich nicht. Aber ich frage mich, warum eigentlich nicht. Er wäre sicher keine schlechte Partie."

Das wäre er tatsächlich nicht und je mehr ich über ihn erfuhr, desto sicherer war ich mir, dass in ihm eigentlich ein guter Kerl steckte. Ich hoffte nur, dass diese Gute-Dinge-tun-Sache irgendwie helfen würde, denn ich wollte auf keinen Fall, dass er für immer und ewig in dieser Schneehülle bleiben musste. Und was sein Outfit anging, würden wir uns auch etwas einfallen lassen müssen.

Kapitel 22

Leonard Frost

„Was ist das?", fragte ich und hielt den Anzug in die Höhe, den Katie mir besorgt hatte.

„Das ist ein Morphsuit", erklärte Katie und hielt den weißen Anzug hoch. „Sowas tragen immer wieder verrückte Leute in New York. Ich verspreche Ihnen, dass Sie damit weniger auffallen werden als mit dem Schal. Außerdem ist er viel dünner als der Mantel und Sie werden nicht mehr Gefahr laufen, zu schmelzen."

Skeptisch betrachtete ich den Anzug. Von der Idee her war es nicht verkehrt. Ich hatte gestern viel zu sehr geschwitzt in meinem Anzug und dem Mantel. Mit Schal, Mantel und Hut war mir fast unerträglich heiß gewesen und so konnte es beim besten Willen nicht weitergehen. Wenn ich so einen komischen Anzug trug, würden die Leute mich vermutlich nur für irgendeinen Spinner halten, aber es würde bestimmt niemand auf die Idee kommen, dass kein echter Mensch in diesem Anzug steckte. Trotzdem war es mir zuwider, in so ein Ding zu schlüpfen. Ich kam mir vor wie eine Witzfigur und hatte Angst, das letzte bisschen Würde zu verlieren, wenn ich mich darauf einließ.

„Kommen Sie schon, Leonard", sagte Katie. „Geben Sie sich einen Ruck. Das ist die einzige Möglichkeit für Sie, sich frei zu bewegen, ohne zu schmelzen."

Ich seufzte schwer. „Also fein. Aber wehe, Sie lachen mich aus."

Ich entledigte mich in dem Schuppen meiner Kleidung bis auf die Shorts und stellte fest, dass Katie mich dabei sehr fasziniert beobachtete. Als sie merkte, dass ich ihren Blick gesehen hatte, sah sie beschämt zur Seite.

„Tut mir leid", sagte sie. „Ich kann nur immer noch nicht so recht fassen, dass Sie jetzt aus Schnee sind. Ich meine ... alles an Ihnen."

Ich schnaubte. „Sie haben mich bereits nackt gesehen, Katie. Sie wissen, dass alles aus Schnee ist."

Katie lief rot an, was ich unheimlich niedlich fand.

„Erinnern Sie mich nicht daran", bat sie. „Sie haben mir den größten Schreck meines Lebens verpasst."

„Ach, wirklich? Ich dachte nicht, dass der Anblick meines nackten Körpers so schrecklich wäre. Bisher hat sich keine Frau beschwert."

Katie sah wieder auf und funkelte mich an. „Bisher hat Sie ja auch noch niemand außer mir in Ihrem Schneemannkostüm gesehen."

Ich lachte und zwängte mich in den Morphsuit. Der Ganzkörperanzug lag sehr eng an meinem Körper an und machte aus meinem Schneegesicht eine glatte Fläche. So würde sich bestimmt niemand mehr vor mir erschrecken.

Katie trat hinter mich und schloss den Reißverschluss an meinem Rücken.

„Also gut", sagte Katie. „So wird Sie niemand mehr erkennen. Ich habe bereits im Büro angerufen, um den anderen zu sagen, dass sie in den nächsten Tagen ohne mich auskommen müssen. Nancy war zwar nicht begeistert, aber sie wird schon zurechtkommen."

„Also gut. Und was machen wir so lange?“

„Wir machen gar nichts“, sagte sie streng. „Sie sehen zu, dass Sie ein paar gute Taten vollbringen und ich passe dabei auf, dass Sie keinen Unfug anstellen.“

Ich nickte und lächelte, obwohl sie es nicht sehen konnte. Ich kam mir immer noch blöd vor in dem Anzug, aber mir war alles recht, solange es mich nur weiterbrachte.

„Also gut. Dann wollen wir mal.“

In den nächsten beiden Tagen tat ich alles, was mir einfiel, um mein Karma zu verbessern.

Ich hängte Vogelfutter auf, warf jedem Bettler auf der Straße einhundert Dollar in den Hut und grüßte jedermann freundlich, auch wenn ich dafür komische Blicke erntete.

Ich half am Bahnhof Frauen mit Kinderwagen, die Treppen hinaufzukommen und trug alten Damen den Koffer wieder hinunter. Einigen Leuten war mein Morphsuit nicht geheuer, aber die meisten fanden ihn lustig und staunten, dass ich mit dem dünnen Anzug nicht fror.

Leider half es nicht, einfach nur nett zu sein, also ging ich am nächsten Tag mit Katie und Phoebe in ein Tierheim, um dort Geld zu spenden und mit den Tieren zu helfen.

Dort stellte sich allerdings heraus, dass die Hunde meine Andersartigkeit sofort bemerkten. Sie knurrten mich an, kläfften und ließen sich nicht von mir anfassen.

Und obwohl ich mit Hunden nie viel hatte anfangen können, machte mich das betroffen. Meine Verkleidung, die den Menschen vorgaukelte, ich wäre ein komischer Kauz, der sich mitten im Winter in einen Morphsuit geschmissen hatte, half bei den Hunden überhaupt nicht.

„Das liegt an Ihrem komischen Anzug", erklärte die Tierheimmitarbeiterin. „Vielleicht sollten Sie den besser ausziehen."

„Nein", sagte ich schnell. „Das geht nicht."

„Aber warum denn nicht?"

„Weil ..." Ich brach ab und war froh, als Katie mir zur Hilfe kam.

„Wir suchen einen Hund, der sehr wesensfest ist", erklärte sie. „Daher hat mein Begleiter extra diesen Anzug angezogen, um herauszufinden, welcher Hund diesem Test standhält."

Die Mitarbeiterin nickte und entfernte sich dann von uns, als das Telefon in ihrem Büro klingelte.

„Da muss ich drangehen", sagte sie. „Suchen Sie ruhig weiter. Vielleicht werden Sie ja noch fündig."

Sobald sie verschwunden war, griff ich nach hinten und befreite zumindest mein Gesicht von der Maske, weil ich unbedingt wissen wollte, ob die Hunde wirklich nur auf den Morphsuit reagierten oder ob es doch an mir lag. Aber leider brachte das Absetzen der Maske überhaupt nichts. Die Hunde kläfften mich weiter an und einige bissen sogar aggressiv in die Gitterstäbe. Ich ging enttäuscht die Reihe entlang, bis ich an einen Käfig kam, in dem ein kleiner Terrierwelpe hockte. Er war schneeweiß und ich wunderte mich, warum er noch kein neues Zuhause gefunden hatte. Doch als er aufstand und auf uns zu humpelte, erkannte ich den Grund dafür, dass er noch da war. Ihm fehlte eine Vorderpfote. Das schien den kleinen Kerl zwar nicht zu stören, aber ich vermutete, dass die meisten Leute lieber einen Hund haben wollten, der keine körperliche Behinderung hatte.

Ich erwartete fast, dass der kleine Hund genau wie die anderen anfangen würde, mich anzuknurren, aber das tat er nicht. Er schien sich riesig über mich zu freuen, legte sich schwanzwedelnd auf den Boden und drängte sich so eng wie möglich an das Gitter, damit ich ihn streicheln konnte.

„Aber hallo“, sagte ich. „Was bist du denn für ein süßer kleiner Kerl?“

Ich kniete mich zu ihm hin und steckte einen Finger zu ihm hinein, um ihn zu streicheln. Der kleine Hund freute sich und leckte mich eifrig ab.

„Dieser hier scheint Sie zu mögen“, sagte Katie und öffnete den Käfig. Der kleine Hund hüpfte fröhlich auf seinen drei Beinen zu mir und kringelte sich vor Freude, als ich ihn auf den Arm nahm.

„Oh mein Gott. Ist der niedlich“, sagte Phoebe und streckte ihre Arme nach dem Tier aus. Ich gab ihn ihr und er fing an, ihr Gesicht abzulecken. „Können wir ihn mitnehmen, Mommy? Bitte, bitte.“

„Nein. Das geht nicht, mein Schatz. Ich muss doch immer so lange arbeiten. Da kann der Hund doch nicht alleine bleiben. Und Grandma kann sich auf Dauer auch nicht um ihn kümmern. Sie kann ja jetzt schon kaum noch etwas sehen.“

Ich sah Katie an, dass sie im Prinzip gerne einen Hund gehabt hätte, aber ihr Argument war nicht von der Hand zu weisen. Das schien auch Phoebe einzusehen, denn sie blickte traurig zu Boden.

„Schade", sagte sie. „Dabei wäre es sooooo schön, ein Hundebaby zu haben."

Sie warf mir einen flehenden Blick zu und ich fühlte, wie ihre kindliche Hoffnung mein Herz berührte. Es fiel mir immer noch nicht leicht, sie um mich zu haben, weil sie mich an Tamina erinnerte, aber so langsam gewöhnte ich mich daran. Phoebe gehörte nun einmal zu Katie und es war, als würde ich mich nur in Katies Nähe richtig lebendig fühlen.

„Wissen Sie, Katie ...", begann ich. „Vielleicht könnte man ja in Zukunft eine Ausnahme machen und auch Haustiere im Büro erlauben."

Fassungslos sah Katie mich an.

„Mister Frost ... Leonard. Ich ... Sie hassen doch Tiere."

Ich zuckte mit den Schultern. „Ich hasse eine Menge Dinge. Aber vielleicht wird es Zeit, im Büro etwas zu ändern. In Zukunft werde ich die Kleidervorschriften etwas lockern. Wer will, darf sein Haustier mitbringen und ich verlängere die Pausen. Sonst noch irgendwelche Wünsche?"

„Keine Standpauken mehr, wenn man mal ein paar Minuten zu spät kommt", forderte Katie. „Und Sie spendieren in Zukunft den Kaffee."

Eigentlich war es mir zuwider, auf solche Forderungen einzugehen, aber ich hatte ja fragen müssen.

„Also gut. Einverstanden. Heißt das jetzt, wir nehmen das kleine Fellbündel mit?"

„Oh ja. Bitte, bitte, Mommy", flehte Phoebe und drückte den quirligen Welpen an sich.

„Also gut“, sagte Katie seufzend. „Aber nur, wenn ich das von Ihnen schriftlich bekomme.“

Ich nickte und lächelte. Ich hörte etwas aus dem Büro und setzte schnell meine Maske wieder auf. Es war ein Jammer, dass ich mich überall verstecken musste, aber daran konnte man nichts ändern. Ich hoffte nur, dass bald eine meiner guten Taten Wirkung zeigen würde.

„Ich sehe schon. Sie haben einen Hund gefunden, der genug Wesensstärke für Ihren Anzug besitzt“, sagte die Mitarbeiterin des Tierheims und lächelte uns zu. „Möchten Sie Dreibein gleich mitnehmen?“

„Dreibein?“, fragte Phoebe geschockt. „Das ist aber ein schrecklicher Name für einen Hund.“

„So haben wir ihn hier halt genannt, weil es so naheliegend war. Du kannst ihm natürlich einen neuen Namen geben“, versicherte die Frau und lächelte Phoebe zu. „Also? Was ist nun? Nehmen Sie ihn mit oder nicht?“

Katie sah mich an und ich zuckte mit den Schultern. „Es ist Ihre Entscheidung“, stellte ich klar. Denn selbst wenn ich bereit war, den Hund im Büro zuzulassen, musste ich ja erstmal aus meinem Koma erwachen, um all meine Versprechen auch wahr zu machen.

„Wir nehmen ihn mit“, sagte Katie und Phoebe brach in Jubelschreie aus.

Als wir eine halbe Stunde später wieder draußen waren, seufzte Katie tief und sah mich an. „Also. Sie haben inzwischen jede Menge Hilfsbereitschaft gezeigt und jetzt sogar dafür gesorgt, dass ich ein neues Familienmitglied habe. Was kommt als Nächstes? Retten wir den Regenwald vor der Abholzung, indem wir uns vor die Bagger werfen?“

„Nein. Erstmal besorgen wir jetzt alles, was Sie für den Hund so brauchen. Ich kann Ihnen ja keinen Hund anbieten und mich dann nicht um die Dinge kümmern, die er so braucht." Ich wandte mich an Phoebe. „Wie soll der Kleine eigentlich heißen, wenn dir Dreibein nicht passt?"

„Snowball", erklärte sie voller Überzeugung. „Weil er so schön weiß ist."

„Na gut. Dann wollen wir mal shoppen gehen. Immerhin braucht Snowball jede Menge Equipment."

Kapitel 23

Katie

Leonard hatte nicht zu viel versprochen. Er kaufte für Snowball nicht einfach nur eine Ausrüstung, sondern alles, was sich ein Hundeherz nur erträumen konnte. Der Kleine bekam eine luxuriöse Hundehütte mit Heizung und automatischem Futterspender. Außerdem ein Designerkörbchen in Form einer Couch und ein Abo von dem besten Futter, das es auf dem Markt gab. Als er allerdings mit einem diamantbesetzten Halsband ankam, wurde es mir langsam zu bunt.

„Mister Frost … Leonard. Ich weiß Ihre Mühe wirklich zu schätzen", versicherte ich ihm. „Aber ich denke, dass Sie es langsam übertreiben. Spenden Sie das Geld, das Sie in dieses Halsband stecken wollten, lieber noch an das Tierheim. Ich wette, dass das Ihrem Karma mehr bringen wird."

Leonard sah mich skeptisch an. „Sind Sie sicher? Sie selbst waren es doch, die gesagt hat, ich sollte mich darauf konzentrieren, Dinge zu unterstützen, die mir am Herzen liegen. Und wie es der Zufall will, liegt mir der kleine Schneeball am Herzen."

Er sah auf den Boden, wo Phoebe mit dem weißen Hündchen saß und fröhlich mit ihm spielte. Und zu meiner großen Verwunderung, erkannte ich eine Zärtlichkeit in Leonards Blick, die ich ihm gar nicht zugetraut hätte.

Offenbar hatte der Hund tatsächlich sein Herz berührt.

Ich hob ein schlichtes Halsband in die Höhe. „Ich weiß gar nicht, wie ich erklären soll, dass Sie so viel Geld ausgeben, obwohl Sie gerade im Koma liegen. Daher wäre ich dafür, dass wir erstmal das hier nehmen und uns um alles andere später kümmern."

„Also gut. Aber Sie sollten meine Großzügigkeit ruhig annehmen. Immerhin weiß man nie, wann ich das nächste Mal so in Spendierlaune bin."

Wir kauften noch eine Leine, mehrere Futternäpfe und eine Bürste. Danach packten wir alles in Mister Frosts teuren Mustang und fuhren heim. Phoebe war so zufrieden wie schon lange nicht mehr und ich war froh, dass ich mich auf diese Sache eingelassen hatte.

Meine Mutter würde zwar sicher nicht begeistert sein, aber sobald sie Snowball erstmal kennengelernt hatte, würde sie dem Charme des kleinen Kerls auch erliegen.

„Granny, Granny!", schrie Phoebe aufgeregt, als wir zu Hause angekommen waren und rannte mit Snowball ins Haus. „Schau mal. Wir haben einen neuen Hund!"

„Da geht sie hin, meine Hoffnung, es ihr schonend beibringen zu können", seufzte ich.

„Ihre Mutter wird das schon verstehen", versicherte mir Leonard, der inzwischen seine Maske wieder abgenommen hatte und drückte meine Hand. „Ich bin davon überzeugt, dass sie heute sehr gute Laune haben wird."

„Ach. Warum das denn?"

„Ich weiß zufällig aus sicherer Quelle, dass Ihre Mutter an einer Studie teilnehmen soll und dadurch in den Genuss kommt, eine Gratis-Augenoperation zu erhalten, nach der sie mit etwas Glück wieder besser sehen kann."

Er lächelte mich wissend an und mich traf die Erkenntnis wie ein Schlag.

„Es gibt aber gar keine Studie, habe ich recht?"

„Nein. Aber das muss sie nicht wissen. Denn ich habe den Eindruck, dass Ihre Mutter nicht zu den Menschen gehört, die bereitwillig Almosen annehmen."

„Nein. Das tut sie nicht. Und ich auch nicht. Was haben Sie nur getan?"

Selbstzufrieden sah er mich an. „Ich habe einen Bekannten angerufen und ihn um einen Gefallen gebeten. Er schuldet mir noch etwas, daher hat er Ihrer Mutter einen Brief geschrieben, dass sie in seiner Praxis herzlich willkommen ist, wenn sie bereit ist, an einer Studie teilzunehmen."

„Und was für eine Studie ist das?"

„Eine, die es bis gestern noch gar nicht gab. Aber immerhin wird Ihre Mutter dann glauben, dass alles mit rechten Dingen zugeht."

„Himmel. Das können Sie doch nicht einfach machen."

„Warum denn nicht? Ich dachte, Ihre Mutter braucht diese OP, um wieder sehen zu können."

„Das tut sie auch, aber ..."

Ich verstummte. Ich wusste gar nicht, was mit mir los war. Eigentlich sollte ich mich freuen. Seit Jahren hoffte ich auf ein Wunder, das mir das Geld beschaffen würde, um meiner Mutter diese OP zu ermöglichen. Aber bisher hatte ich kein Glück gehabt. Und nun war da jemand, der die OP bezahlen wollte und ich hatte vor, es abzulehnen? Das war doch verrückt.

„Ich dachte, dass Sie sich freuen würden", sagte Leonard und klang enttäuscht. „Ich wünsche mir von Herzen, dass Ihre Mutter wieder gesund wird, also ..."

Ich atmete einmal tief durch und versuchte meine Gefühle zu sortieren. Ich war so durcheinander. Auf der einen Seite wäre ich meinem Boss am liebsten vor lauter Dankbarkeit um den Hals gefallen und auf der anderen Seite fühlte es sich nicht richtig an, dass er sich plötzlich so sehr in mein Leben einmischte. Er hatte mir heute ermöglicht, einen Hund mit ins Büro zu nehmen und dazu den halben Tierladen leergekauft. Und jetzt wollte er auch noch meiner Mutter eine verdammt teure OP finanzieren. Das war mir einfach alles zu viel des Guten.

„Es ist zu spät, um es ungeschehen zu machen", sagte Leonard und drückte meine Hand. „Es sei denn, Sie wollen Ihrer Mutter die Wahrheit sagen."

Ich schüttelte den Kopf. Das konnte ich nicht. Ich war davon überzeugt, dass meine Mutter sich riesig über den Anruf der Klinik gefreut hatte und wollte ihr das nicht kaputtmachen. Wenn diese OP Erfolg hatte, dann würde sie wieder richtig sehen können. Das war eine wunderbare Neuigkeit.

„Ich tue das doch nicht, weil ich Sie ärgern will, Katie", versicherte mir Leonard. „Ich tue das, weil ich versuche, ein besserer Mensch zu werden."

Er beugte sich vor und strich eine meiner Strähnen hinter mein Ohr. „Ist das so schwer zu verstehen?"

Ich schüttelte den Kopf und entzog ihm dann meine Hand.

„Das ist es nicht", sagte ich. „Aber ich werde Ihnen das Geld irgendwann zurückzahlen. Ich kann das unmöglich einfach so annehmen."

Mit diesen Worten stieg ich aus dem Wagen und ging zum Haus, wo meine Mutter mich voller Aufregung erwartete.

„Das mit dem Hund ist ja vollkommen verrückt, Katie", stellte sie klar. „Aber du hast Glück, denn wenn alles gut geht, werde ich bald wieder arbeiten können und bin dann dazu imstande, dich mit dem kleinen Hündchen zu unterstützen."

„Wirklich?", gab ich mich ahnungslos und hörte mir die Geschichte noch einmal von ihrer Seite an. Wie nicht anders zu erwarten, freute sie sich riesig und ich hätte ihr das um nichts auf der Welt wieder kaputtgemacht.

Wenn Leonard so versessen darauf war, Gutes zu tun, indem er meiner Familie half, dann würde ich bestimmt nichts tun, um daran wieder etwas zu ändern. Ich war einfach nur froh, dass meine Familie so unheimlich glücklich war. Das war zurzeit alles, was für mich zählte.

Kapitel 24

Leonard Frost

Da alles andere nicht geholfen hatte, mich zurück in meinen Körper zu katapultieren, beschloss ich eine Woche nach meinem Unfall, mich um mein absolutes Herzensprojekt zu kümmern.

Die letzten Wünsche krebskranker Kinder.

Mir war klar, dass ich Tamina viel zu sehr mit Untersuchungen gequält hatte, weil ich nicht hatte wahrhaben wollen, dass sie sterben würde. Stattdessen hätte ich lieber die Zeit nutzen und ihr noch ein paar schöne Tage schenken können.

Daher nahm ich es jetzt in Angriff, mit Katies Hilfe ein Hilfsprojekt für krebskranke Kinder aufzubauen. Da ich nicht selbst in Erscheinung treten konnte und mein wahres Ich im Koma lag, blieb mir nichts anderes übrig, als alles in Katies Hände zu geben, die sich mit wahrem Feuereifer in die Arbeit stürzte. Sie ernannte Nancy zur neuen Chefsekretärin und stellte jemand Neues ein, der Nancys Aufgaben übernahm, damit sie selbst sich intensiver um meine Belange kümmern konnte.

Ich unterschrieb mehrere Dokumente, die wir zurückdatiert hatten, damit es so aussah, als hätte ich sie bereits vor meinem Unfall signiert. Dadurch konnte Katie frei agieren und dafür sorgen, dass ein Großteil meiner privaten Einnahmen in Zukunft in dieses Projekt fließen würde. Da das aber offenbar nicht ausreichte, um mein Herz wieder zu erwärmen, beschloss ich, außerdem auch selbst aktiv zu werden.

„Sind Sie sicher, dass Sie das tun wollen?", fragte Katie, während sie mir die Clownsnase zurechtrückte und an meiner roten Perücke herumzog. „Ich meine ... wollen Sie sich das wirklich antun?"

Ich nickte und deutete auf die Farben. „Na los. Machen Sie schon."

„Aber ... Was, wenn die Farbe am Ende nicht mehr abgeht?"

Das war ein Argument. Ich wollte zwar gerne den Kindern im Krankenhaus eine Freude bereiten, aber für immer mit Clownsschminke herumlaufen wollte ich dann doch nicht.

„Dann probieren wir es zuerst an meiner Hand aus", bestimmte ich und hielt ihr die Hand entgegen.

„Darf ich, darf ich?", rief Phoebe aufgeregt und hüpfte um uns herum.

Ich hatte mich inzwischen ganz gut an das Mädchen gewöhnt, obwohl es mir immer noch einen Stich gab, sie um mich zu haben. Viel zu sehr erinnerte sie mich an Tamina und es tat mir weh zu wissen, dass Tamina nie wieder so fröhlich durch ein Wohnzimmer hüpfen würde, wie Phoebe es tat. Snowball sprang dabei genauso fröhlich hinter ihr her und versuchte, in ihre Schnürsenkel zu beißen. Der kleine Kerl hatte sich wunderbar eingelebt und schien sich pudelwohl zu fühlen.

„Ist es in Ordnung, wenn Phoebe das macht?", fragte Katie unsicher und ich nickte.

„Ja, ja. Schon gut. Ich muss immerhin an meinem Karma arbeiten."

Großzügig streckte ich Phoebe die Hand entgegen. Sie nahm etwas von der Clownsschminke und malte ein rotes Herz auf meine Hand.

„Das ist, weil ich dich lieb hab", erklärte sie und grinste mich an.

Unangenehm berührt nahm ich meine Hand zurück und rang mir ein Lächeln ab. „Ja. Danke. Sehr liebenswürdig."

„Wissen Sie, Leonard", begann Katie und fing an, mir das Herz wieder abzuwischen. „Wenn Sie die Kinder nicht erschrecken wollen, dann müssen Sie aber an Ihrem Lächeln arbeiten. Clowns lachen und lächeln nun mal. Das gehört sozusagen zur Jobbeschreibung."

Ich seufzte tief und stellte fest, dass die Farbe sich nicht problemlos von meiner Hand lösen ließ. So ein Mist.

„Ich denke, wir sollten Ihr Gesicht lieber nicht anmalen", sagte Katie ernst. „Ich ertrage ja viel, aber wenn Sie von jetzt an immer als Clown verkleidet herumlaufen, kann ich Sie einfach nicht mehr ernst nehmen."

„Moment. Ich hab eine Idee", rief Phoebe und rannte nach oben in ihr Zimmer.

„Wo ist eigentlich Ihre Mutter?", fragte ich, um die peinliche Stimmung zu vertreiben, die entstanden war, sobald Phoebe verschwunden war.

„Sie hat heute einen Vorbesprechungstermin in der Klinik."

„Das ist doch wunderbar."

„Ja. Aber ich habe darüber nachgedacht. Ich kann das nicht von Ihnen annehmen, Mister Frost."

„Leonard", verbesserte ich sie.

„Na gut. Leonard. Tut mir leid, aber das kann ich wirklich nicht machen. Ich würde für immer in Ihrer Schuld stehen."

„Ich stehe vielmehr für ewig in Ihrer Schuld. Ich wohne seit fast einer Woche in Ihrem Schuppen, Sie haben die halbe Leitung meiner Firma übernommen und Sie tun alles, um mir zu helfen. Das kann ich nie wieder aufwiegen."

Katie schüttelte den Kopf. „Aber … das ist zu viel …"

„Katie." Ich hob ihr Kinn an, damit sie mir wieder ins Gesicht sehen musste. „Bitte. Es wäre mir eine Ehre, das für Ihre Mutter zu tun. Bitte. Sie haben gesagt, dass ich nicht einfach wild etwas spenden soll, sondern besser Projekte unterstützen kann, die mir am Herzen liegen. Und ich muss sagen … Ihre Familie liegt mir am Herzen. Vielleicht sogar mehr noch als meine eigene."

Katie wich meinem Blick aus. „Dann sollten Sie vielleicht erstmal daran arbeiten."

„Das Thema hatten wir doch schon. Ich werde meinem Bruder und Jen nicht einfach verzeihen, was sie getan haben. Und damit Basta. Aber ich möchte Ihrer Mutter helfen. Bitte lassen Sie mich das tun."

Ich sah sie bittend an und schließlich nickte sie. „Also gut. Wenn es Ihnen so am Herzen liegt …"

„Das tut es. Ich danke Ihnen vielmals."

Obwohl ich wusste, dass es unangemessen war, hielt ich ihr Kinn immer noch fest und verspürte plötzlich den Drang, ihr einen weiteren Kuss abzujagen. Nicht, weil ich davon ausging, dass es etwas bringen würde, sondern einfach nur, weil ich es wollte. In den letzten Tagen hatte ich mich voll und ganz auf meine Aufgabe konzentriert, Gutes zu tun, aber ich konnte nicht verhindern, dass ich mich Katie jeden Tag etwas näher fühlte.

„Katie …“, sagte ich und beugte mich vor.

Sie war so wunderschön. Das hatte ich schon damals gemerkt, als ich sie eingestellt hatte, aber inzwischen verstand ich gar nicht mehr, warum ihre Tochter mich davon abgehalten hatte, Katie näherzukommen.

„Mister Frost … Leonard …“, antwortete sie und ich sah die widersprüchlichen Gefühle in ihrem Gesicht. Sie wollte auch, dass ich sie küsste. Da war ich mir fast sicher. Trotzdem zögerte sie, fürchtete sich und war offensichtlich alles andere als sicher, was als Nächstes geschehen sollte.

Ich beugte mich vor, um ihr die Entscheidung abzunehmen und …

„Ich hab's!“, krakeelte Phoebe und wir fuhren auseinander.

Phoebe kam die Treppe heruntergesprungen und hielt mehrere Aufkleber in der Hand. „Hier. Schaut mal.“

Sie hielt ihrer Mutter die Aufkleber entgegen und ich erkannte schnell, dass es Sterne, Sonnenstrahlen und Herzchen waren.

„Das ist perfekt“, sagte Katie. „Ich weiß zwar nicht, wie lange sie halten werden, aber einen Versuch ist es allemal wert.“

Sie nahm ein Herzchen und pappte es an meine Wange. Dabei drückte sie es ganz vorsichtig in meine Haut hinein, damit es besser hielt.

„Perfekt.“ Sie grinste. „Zusammen mit der roten Nase und dem Clownsoutfit werden Sie bestimmt jedes Kinderherz zum Hüpfen bringen.“

Kapitel 25

Katie

Ich hatte noch nie jemanden gesehen, den es mehr Überwindung gekostet hatte, eine Kinderkrankenstation zu betreten, als Leonard Frost. Phoebe hielt ich die ganze Zeit über an der Hand und war froh, dass sie sich mit ihren Fragen zurückhielt.

Es war alles mit den Krankenschwestern abgesprochen und sie wussten Bescheid, dass ein guter Freund von mir gerne die Kinder zum Lachen bringen wollte. Allerdings hatte ich nicht darüber nachgedacht, wie hart das für Leonard sein musste. Auf genau so einer Station hatte seine Adoptivtochter ihre letzten Monate verbracht. Er hatte an ihrem Bett gesessen, gehofft und geweint, bis es irgendwann vorbei gewesen war. Und jetzt würde er andere Kinder sehen, die in einer ganz ähnlichen Situation waren wie Tamina damals. Ich konnte mir kaum vorstellen, wie schwierig das für ihn sein musste.

„Sind Sie sich sicher, dass Sie das tun wollen?", fragte ich ihn noch einmal.

Leonard sah mich an und blickte dann zu meiner Tochter.

„Du unterstützt mich doch, oder?", fragte er.

„Klar. Was soll ich denn tun?"

„Es wäre super, wenn du über meine Witze lachen könntest. Auch wenn sie gar nicht so lustig sind."

„Das wäre aber dann gelogen."

„Kann schon sein. Aber wenn du lachst, dann lachen die anderen Kinder auch und das Eis ist gebrochen."

Mir fiel auf, wie zweideutig dieser Begriff war und sah, dass Leonard bereits angefangen hatte, zu schwitzen. Hier drin war es verdammt warm, also sollten wir uns wohl besser beeilen.

„Wir müssen anfangen", sagte ich. „Sonst ist von Ihnen am Ende nur noch eine Pfütze übrig."

Leonard nickte und ging dann in den Saal, in dem die Kinder bereits erwartungsvoll zur Tür blickten. Leonard trat in die Mitte und blieb dann kurz stehen, als wäre ihm die Luft weggeblieben. Der Anblick musste schrecklich für ihn sein. Lauter glatzköpfige Kinder mit eingefallenen Augen, die nur darauf warteten, endlich mal wieder etwas zu lachen zu haben. Doch Leonard wirkte wie erstarrt. Wie eingefroren.

„Hallo, liebe Kinder", sagte ich daher, um die Aufmerksamkeit auf mich und Phoebe zu ziehen.

„Hallo!", riefen alle und sahen mich irritiert an, weil sie eher erwartet hatten, eine Begrüßung von dem Clown zu hören.

„Ich bin Katie und das ist meine Tochter Phoebe. Wir sind die Assistentinnen von Leo dem Clown."

Ich deutete auf Leonard und alle fingen an zu klatschen. „Aber Leo ist ein bisschen schüchtern, daher wäre es super, wenn ihr ihn ein wenig anfeuern würdet."

Das ließen sich die Kinder nicht zweimal sagen.

„Leo! Leo! Leo!", riefen sie und nun endlich schien Leonard aus seiner Starre zu erwachen. Er sah mich an, drückte noch mal meine Hand und lächelte dann die

Kinder breit an.

„Hallo, Kinder!“, rief er. „Wie schön, dass ihr alle da seid. Sagt mal. Könnt ihr eigentlich rechnen?“

„Jaaaaa!“, riefen die meisten Kinder.

„Ich kann schon richtig gut rechnen“, sagte ein besonders vorlauter Junge, der vermutlich um die elf Jahre alt war. „Bestimmt besser als du.“

Leonard drückte auf die Blume an seinem Anzug und etwas Wasser spritzte dem frechen Jungen ins Gesicht.

„Damit hast du wohl nicht gerechnet, was?“, fragte Leonard und alle Kinder fingen an zu lachen.

Auch ich musste grinsen und war mir plötzlich sicher, dass Leonard das wunderbar hinkriegen würde.

In der nächsten halben Stunde lieferte mein Chef den Kindern eine wundervolle Show, was mich dazu brachte zu glauben, dass ich hier zum ersten Mal etwas von dem Mann zu sehen bekam, der er früher einmal gewesen sein musste. Er riss Witze, spielte Flöte und hüpfte im Kreis. Ich konnte diesen Mann unmöglich mit dem Mister Frost in Einklang bringen, der noch letzte Woche robotermäßig in seinem Büro gesessen und kaum mehr als drei Worte am Tag mit seinen Angestellten gewechselt hatte. Wie hatte er es nur geschafft, diesen fröhlichen und lebensbejahenden Teil von sich so lange zu verstecken?

Auch Phoebe hatte unheimlich viel Spaß und ich war froh, dass ich sie mitgenommen hatte. Noch bevor die Zeit um war, kam aber eine Krankenschwester zu mir und nahm mich zur Seite.

„Miss King", sagte sie. „Sie sind doch die Verlobte von Mister Frost, wenn ich mich recht erinnere."

Ich nickte und fühlte, wie ich blass wurde. Hatte sie Leonard etwa erkannt? Mit der Clownsnase, den Stickern und der Perücke hielt ich das für praktisch unmöglich, aber man konnte ja nie wissen.

„Der Bruder von Mister Frost ist da und hätte gern mit Ihnen gesprochen, wenn das in Ordnung ist."

„Ich … ja, natürlich. Ich komme gleich."

Die Krankenschwester nickte und ich nahm Phoebe zur Seite.

„Hör mal, Schätzchen. Ich muss kurz weg. Willst du mitkommen oder möchtest du bei Leonard bleiben?"

„Hierbleiben", bestimmte sie.

„Okay. Dann sag Leonard, dass ihr draußen auf mich warten sollt. Ich komme so schnell ich kann nach."

Sie nickte und ich verließ so leise wie möglich den Saal, weil ich Leonard bei seiner Vorstellung nicht stören wollte. Er durfte auf gar keinen Fall erfahren, dass sein Bruder da war. Er hatte in den letzten Tagen so gute Fortschritte gemacht und ich fürchtete, dass sein altes Ich ganz schnell wieder zum Vorschein kommen würde, wenn er vom Besuch seines Bruders erfuhr.

Ich schaffte es unbemerkt, mich davonzuschleichen und nahm den Aufzug nach oben. Zum Glück wusste ich bereits, in welchem Zimmer der menschliche Körper von meinem Chef lag. Insofern brauchte ich nicht lange, um den Weg dorthin zu finden. Ich klopfte an und versuchte die Nervosität niederzukämpfen, die sich an mir festgekrallt hatte.

Im nächsten Moment hörte ich eine Männerstimme.

„Herein", sagte sie und ich öffnete die Tür.

Ich trat ein und staunte nicht schlecht, als ich an Leonards Bett nicht nur einen jungen Mann sah, der sehr viel Ähnlichkeit mit Leonard hatte, sondern auch noch eine blonde Frau, die ein kleines Kind auf dem Arm trug.

Ich blieb überrascht stehen, riss mich dann aber zusammen und reichte dem Mann und der Frau nacheinander die Hand.

„Guten Tag. Ich bin Katie King. Die Assistentin von Mister Frost. Man sagte mir, dass Sie nach mir gesucht haben?"

„Ja. Ich bin William Frost und das sind meine Frau Jennifer und unser Sohn. Ich wollte mich erkundigen, wie es sein kann, dass man uns nicht über den Zustand meines Bruders informiert hat."

Ich schluckte. „Ich …" Mir wollte einfach keine Entschuldigung einfallen. Wie hätte ich ihnen auch erklären sollen, dass Leonard höchstpersönlich mir verboten hatte, seine Familie über den Unfall zu informieren? Da dieser im Koma lag, war das sicherlich sehr unglaubwürdig.

„Der Arzt sagte, er hätte Sie darum gebeten, das zu erledigen", sagte Jennifer und sah mich betroffen an. „Ich wäre viel eher hergekommen, wenn ich gewusst hätte, dass …"

Am liebsten hätte ich ihr ins Gesicht gesagt, dass Leonard sie überhaupt nicht dahaben wollte. Nicht, nachdem sie ihn so verraten hatte.

Offenbar konnte sie sich denken, was in mir vorging, denn sie schluckte schwer.

„Ich weiß, was Sie denken. Sie wissen sicher längst,

dass ich früher mit Leonard verheiratet gewesen bin. Aber dann wissen sie bestimmt auch von unserer Tochter."

„Das weiß ich allerdings. Es steht mir auch nicht zu, das zu verurteilen, was Sie getan haben. Viele Paare trennen sich nach dem Tod eines Kindes. Das geht mich auch gar nichts an."

„Aber ich will, dass Sie es verstehen."

„Jen. Das ist unnötig", sagte auch Leonards Bruder, weil er es offenbar traurig fand, wie aufgelöst seine Frau war.

„Doch. Es ist nötig. Wenn Leonards Angestellte es nicht für angebracht halten, seine Familie zu informieren, wenn er im Koma liegt, dann ist es sehr wohl nötig", sagte sie aufgebracht zu Leonards Bruder und sah danach wieder zu mir. „Sie fragen sich bestimmt: Warum er? Warum ausgerechnet sein Bruder? Hätte sie sich nicht einen anderen Mann suchen können?"

Das fragte ich mich tatsächlich, aber ich hielt den Mund.

„Die Wahrheit ist: Er war der Einzige, der für mich da war. In der Zeit nach Taminas Tod war Leonard absolut unerreichbar für mich. Ich habe es versucht. Das schwöre ich. Ich habe es so sehr versucht. Ich habe ihn zu Therapeuten geschleppt, habe versucht, ihm Zeit zu geben und mich alleine um alles gekümmert, was mit Taminas Tod zusammenhing. Ich habe die Beerdigung abgewickelt, habe Tamina bei der Versicherung abgemeldet und Trauerkarten geschrieben. Ich habe ihre Rede gehalten und an ihrem Grab um sie geweint. Leonard hingegen hat sich in seiner Arbeit verkrochen. Ich habe ihn nicht mal mehr zu Gesicht bekommen.

Und der Einzige, der mir geholfen hat, war sein Bruder. Er war da, hat mich unterstützt, mich in den Arm genommen, wenn ich weinen musste, und irgendwann ist es dann einfach passiert."

Sie sagte das, als ginge es um ein Glas Wasser, das sie aus Versehen umgestoßen hatte und nicht darum, dass sie sich in den Bruder ihres Mannes verliebt hatte. Aber im Grunde genommen hatte sie ja recht. Wir suchten uns nicht aus, in wen wir uns verliebten. Mir war es damals mit Phoebes Vater auch passiert und zwar entgegen jeder Vernunft. Und Jen hatte es offenbar bei Leonards Bruder erwischt. Wer war ich, sie deswegen zu verurteilen?

„Es reicht, Jen", sagte Leonards Bruder. „Im Grunde genommen geht es doch um die Frage, warum wir nicht informiert worden sind, obwohl mein Bruder im Koma liegt. Zumindest meinen Eltern hätte man doch Bescheid geben können."

„Wie ... wie haben Sie denn überhaupt davon erfahren?"

„Ich habe Leonard angerufen, um ihn an die Weihnachtsfeier zu erinnern. Irgendwie hatte ich immer noch die Hoffnung, dass er über seinen Schatten springt und kommt. Es ist jedes Mal nur die Mailbox drangegangen, also habe ich irgendwann in seiner Kanzlei angerufen und von Ihrer Kollegin erfahren, was geschehen ist."

„Hören Sie, Mister Frost. Das tut mir wirklich leid, aber Ihr Bruder hat einen Brief hinterlassen, in dem steht, was im Falle seines Ablebens oder einer schweren Krankheit zu tun ist. Und darin stand deutlich, dass er nicht wünscht, dass seine Familie informiert wird."

Als Jennifer das hörte, brach sie in Tränen aus und auch das Kleinkind auf ihrem Arm fing schrecklich an zu weinen.

„Jen. Jen. Ist ja schon gut", sagte Leonards Bruder und nahm sie in den Arm. „Komm. Ich denke, wir sollten lieber gehen. Es ist offensichtlich, dass er uns nicht bei sich haben will. Also sollten wir ihn vielleicht besser allein lassen."

„Aber Schatz. Das können wir nicht machen. Er ist bewusstlos. Er braucht uns."

„Was er braucht ist jemand, der sein Herz aus Eis wieder zum Tauen bringt. Sonst gar nichts. Aber ich bezweifle, dass das so bald passieren wird."

Seine Worte verursachten mir eine Gänsehaut, weil sie so nah an der Wahrheit waren. Aber das konnte ich ihm auf keinen Fall sagen.

„Komm, wir gehen. Einen schönen Tag noch, Miss King."

„Den wünsche ich Ihnen auch", sagte ich gedankenverloren und sah zu, wie Leonards Bruder seine Frau aus dem Zimmer führte.

Die Tür knallte zu und ich war allein mit dem Körper meines Chefs.

Es war eigenartig, hier mit ihm im Zimmer zu sein und ich betrachtete nachdenklich sein Gesicht. Er wirkte so friedlich, wie er einfach nur dalag und schlief. So entspannt ohne seinen grimmigen Gesichtsausdruck.

Nach kurzem Zögern setzte ich mich zu ihm und strich ihm über die Wange. Es war gut, dass er wenigstens ohne Maschinen atmen konnte. Das war schon mal viel wert, aber ich fürchtete, dass er trotzdem nicht wieder aufwachen würde, solange sein Herz noch aus Eis war. Das war alles so verrückt. Ich hatte nie an Märchen geglaubt. Ich hatte sie Phoebe zwar immer vorgelesen, aber ich hatte trotzdem nie gedacht, dass es so etwas wie Magie im wahren Leben geben könnte. Und trotzdem wohnte jetzt seit fast einer Woche ein Mann aus Schnee in meinem Schuppen und ich versuchte ihm irgendwie dabei zu helfen, in seinen Körper zurückzukommen.

Ihn zu küssen hatte schon mal nicht geholfen. Allerdings war das vor einigen Tagen gewesen und ich hatte Leonard inzwischen sehr viel besser kennengelernt. Er war so anders, als ich erwartet hatte. Ich verstand inzwischen, warum er so unnahbar war und sogar, warum er die Nähe von Kindern so schlecht ertrug. All das erinnerte ihn an Tamina. Und das Vertrauen zu Frauen hatte er verständlicherweise verloren, als seine Frau seinen Bruder geheiratet hatte. Auch wenn das schon fünf Jahre her war, so verstand ich absolut, warum es ihn immer noch so sehr beeinflusste.

Ich strich über Leonards Brust, die sich langsam unter meiner Hand hob und senkte und fühlte den Schlag seines Herzens. Es war so verrückt, aber sein kalter Körper war mir inzwischen schon sehr viel vertrauter als der aus Fleisch und Blut, der nun vor mir lag. Und trotzdem überlegte ich, ob ich nicht vielleicht den falschen Körper geküsst hatte. Wenn ich ihn freiküssen sollte, dann ging das vielleicht nur bei seinem Menschenkörper und nicht bei seinem Schneekörper. Vorsichtig beugte ich mich vor, schloss die Augen und …

„Kannst du mir erklären, was du da tust, Katie?"

Erschrocken fuhr ich herum und registrierte nur am

Rande, dass Leonard mich gerade zum ersten Mal geduzt hatte. Er hatte die Aufkleber von seinem Gesicht entfernt und seine Perücke abgesetzt, aber er trug immer noch das knallbunte Kostüm und sah darin so liebenswert aus, dass mir das Herz aufging.

Trotzdem war es mir unangenehm, dass er mich ertappt hatte.

„Ich … ich dachte, dass es vielleicht hilft, wenn ich deinen richtigen Körper küsse."

Ich deutete auf sein schlafendes Ich und stellte fest, dass es mir erstaunlich leichtfiel, Leonard zu duzen. Noch vor einer Woche hätte ich das nicht für möglich gehalten, aber jetzt erschien es mir plötzlich ganz natürlich. So als würden wir schon ewig privat miteinander umgehen und nicht erst seit wenigen Tagen.

Leonard sah nachdenklich von mir zu seinem schlafenden Ich und kam dann auf mich zu. Er strich mir fast schon zärtlich über die Wange und nickte.

„Wenn ich gewusst hätte, was für ein wunderbarer Mensch du bist, dann hätte ich dich schon vor Jahren mal zum Essen ausgeführt, weißt du das?"

Verlegen wich ich seinem Blick aus. „Das hättest du nicht", widersprach ich ihm. „Du hast gewusst, dass ich eine Tochter habe und allein das hätte dich davon abgehalten jemals mit mir auszugehen."

„Das stimmt. Aber auch das war dumm von mir. Phoebe ist wunderbar und …"

„Apropos. Wo ist sie?", fragte ich und wunderte mich, dass mir dieser Gedanke nicht eher gekommen war.

„Sie wollte bei den Kindern bleiben, während ich dich suche."

Ja. Das sah ihr ähnlich. Aber Leonard wollte sich offenbar nicht vom Thema ablenken lassen, denn er zog seine Hand nicht zurück, sondern streichelte mir weiter über die Wange, was sich trotz der Kälte sehr angenehm anfühlte.

„Deine Tochter ist toll und ich ... ich habe lange genug alle Kinder der Welt dafür verantwortlich gemacht, dass meine eigene Tochter nicht mehr lebt. Vielleicht wird es wirklich Zeit für mich, nach vorne zu sehen."

Ich nickte, weil ich spürte, dass Leonard sich für etwas bereitmachte. Ich wusste nicht genau wofür, aber ich spürte, dass sich bereits etwas in ihm geändert hatte. Ich fragte mich nur, was das war.

Kapitel 26

Leonard Frost

Ich sah Katie tief in die Augen und spürte etwas, das ich seit Ewigkeiten nicht mehr gefühlt hatte. Zärtlichkeit und Zuneigung. Die letzte Frau, die ich bedingungslos geliebt hatte, hatte mich im Stich gelassen, aber mir war klar, dass ich nicht ewig so weiterleben konnte. Ich wollte wieder Liebe empfinden. Wollte zulassen, dass ich erneut etwas für eine Frau fühlte.

Vielleicht hatte unser Kuss vor ein paar Tagen nichts gebracht, weil ich zu dem Zeitpunkt noch nichts für sie empfunden hatte. Aber das hatte sich in den letzten Tagen geändert. Auch wenn ich ihre Tochter noch nicht voll akzeptieren konnte, so hatte sich mein Herz zumindest für Katie geöffnet.

Ich war immer der Meinung gewesen, dass Liebe etwas war, das sich entwickeln musste, aber ich war mir plötzlich sicher, dass es das mit Katie tun würde. Wenn ich es nur zuließ und sie nicht von mir stieß, dann konnte ich mit ihr eine Beziehung haben, die mir mehr geben würde, als ich jemals von jemandem bekommen hatte. Meine Beziehung zu Jen eingeschlossen. Denn irgendwie zog es mich immer wieder zu Katie und ihrem Zuhause hin und das musste doch einen Grund haben.

Ich war mir sicher: Sie war der Schlüssel. Warum sonst hätte ich in ihrem Garten erscheinen sollen?

Warum sonst fühlte ich mich nirgendwo so wohl wie bei ihr zu Hause? Ich hatte in den letzten Tagen meine eigene Wohnung keinmal besucht und fühlte mich wohler in einem alten Schuppen, einfach weil ich dadurch in ihrer Nähe war. Und selbst ihre Tochter hatte ich angefangen zu mögen. Und das, obwohl ich mir vorgenommen hatte, dass nie wieder ein Kind mein Herz erweichen würde.

Ich beugte mich vor und legte meine Lippen auf die von Katie. Wie beim letzten Mal fühlte es sich an wie ein Feuerwerk der Gefühle. Ich hoffte, dass es für Katie genauso angenehm war wie für mich, denn ich vermutete, dass meine Lippen eiskalt sein mussten. Sie hingegen war unglaublich warm. Ihr Atem strömte heiß in meinen Mund und ihre Lippen waren so weich und anschmiegsam, dass ich am liebsten nie wieder aufgehört hätte, sie zu küssen. Vor allem, weil sie den Kuss dieses Mal freiwillig erwiderte. Ich hatte ihr kein Geld dafür geboten, sondern sie küsste mich aus freien Stücken und schien es genauso zu genießen wie ich.

Ein leises Stöhnen entfloh ihrer Kehle und sie kam mir entgegen. Doch als ich mit meiner Zunge die ihre berührte, zuckte sie zurück.

„Tut mir leid …", sagte sie. „… du bist eiskalt."

Sie fasste sich an den Mund und ich sah sie bedauernd an.

„Das hat Schnee wohl so an sich", versuchte ich zu scherzen, um mir den Schmerz durch ihre Ablehnung nicht anmerken zu lassen.

Mein Herz klopfte wie verrückt in meiner Brust und ich wünschte mir nichts mehr, als sie erneut zu küssen. Es half zwar offensichtlich nicht dabei, mich in meinen

Körper zurückzubringen, aber das war mir egal. Ihre Nähe bedeutete mir inzwischen so viel und ich wollte sie auf keinen Fall wieder missen. Aber um richtig mit ihr zusammen zu sein, musste ich offenbar mehr tun, als Geld zu spenden und kranke Kinder zum Lachen bringen. Und vielleicht, ja vielleicht lag es tatsächlich daran, dass Katie bisher den falschen Körper geküsst hatte.

„Würdest du es ausprobieren?“, fragte ich Katie und forschte in ihrem Blick.

„Was ausprobieren?“

Ich nickte zu meinem menschlichen Körper hinüber. „Ihn zu küssen. Beziehungsweise mich. Wer weiß. Vielleicht würde das ja helfen.“

Katie biss sich unsicher auf die Unterlippe, was unglaublich süß aussah. Am liebsten hätte ich sie noch einmal geküsst, aber wenn es ihr unangenehm war, dann wollte ich sie auf keinen Fall verschrecken.

Sie sah zu meinem schlafenden Ich hinüber und nickte. „Also gut. Einen Versuch ist es auf jeden Fall wert.“

Sie drehte sich zum Bett hin und sah dann noch einmal unsicher zu mir.

„Willst … willst du etwa dabei zusehen?“

Ich zuckte mit den Schultern. „Das ist immerhin mein Körper, den du da küssen willst. Wenn ich nicht das Recht habe dabei zuzusehen, wer bitte schön dann?“

Sie lachte nervös und schluckte dann. Offenbar war sie unangenehm berührt und ich wollte es ihr nicht schwerer machen als notwendig. Daher stand ich auf und sah aus dem Fenster, um ihr ein Mindestmaß an Privatsphäre zu lassen. Aus dem Augenwinkel konnte ich allerdings genau sehen, wie sie sich meinem menschlichen Körper zuwandte und mir vorsichtig übers Gesicht streichelte. Ich erwartete fast, dass ich es spüren müsste, aber das tat ich nicht. Es war so, als wäre mein Schneekörper mit meinem menschlichen Körper nicht verbunden. Was erschreckend war. Aber die Hoffnung starb zuletzt und ich hatte noch Hoffnung. Mehr, als ich erwartet hätte. Daher spürte ich auch, wie mein Herz vor Aufregung höher schlug, als Katie sich vorbeugte und ihre Lippen auf meine legte.

Kapitel 27

Katie

Leonards menschliche Lippen waren warm und weich. Ganz anders als die Lippen seines jetzigen Ichs. Doch im Gegensatz zu seinem Schneekörper, der eindeutig auf mich reagiert hatte, bewegte sich Leonards Menschenkörper kein Stück. Er war und blieb im Koma. Und auch wenn die Berührung seiner Lippen ein Kribbeln durch meinen Körper jagte und ich mir mehr wünschte, würde er mir nicht mehr geben, weil er es einfach nicht konnte.

Bedauernd ließ ich von ihm ab und streichelte ein letztes Mal über seine Wange. Ich hatte es versucht. Es hatte zwar nichts gebracht, aber jetzt musste ich mir nicht mehr vorwerfen, ich hätte nicht alles versucht.

„Bist du fertig?“, fragte Leonard und ich sah auf.

In seinem Blick lag etwas, das ich nicht deuten konnte. Enttäuschung, Traurigkeit und vielleicht sogar so etwas wie Eifersucht? War er eifersüchtig, weil ich seinen menschlichen Körper geküsst hatte? Das wäre doch lächerlich. Oder etwa nicht? Immerhin war das genauso er wie dieser Mann aus Schnee hier vor mir. Eigentlich sogar noch viel mehr.

Ich nickte. „Tut mir leid, dass es nicht geklappt hat. Ich habe dir von Anfang an gesagt, dass ich keine Prinzessin bin.“

„Einen Versuch war es trotzdem wert.“

Plötzlich sah er traurig aus und ich stand auf, um zu ihm zu gehen. Es tat mir so leid, dass ich ihm nicht hatte helfen können, obwohl ich es mir wirklich gewünscht hätte. Ich hatte helfen wollen. Von ganzem Herzen. Aber es hatte nichts gebracht.

„Wir könnten ja noch andere Dinge ausprobieren", schlug ich vor. „Vielleicht suchen wir nach einer echten Prinzessin. Einer mit blauem Blut."

„Ach ja? Und du glaubst eine echte Prinzessin würde sich einfach so dazu überreden lassen, einen Schneemann zu küssen, ja?"

„Ich weiß es nicht, aber wir müssen es doch zumindest versuchen. Denn sonst kommt irgendwann der Frühling und dann ..."

Ich sagte nichts, sondern sah nur auf den Boden, wo sich bereits eine kleine Pfütze gebildet hatte.

Leonard folgte meinem Blick und seufzte.

„Ich muss nach draußen", bestätigte er meine Vermutung. „Hier drin ist es für mich zu warm."

Ich warf einen letzten Blick auf Leonards menschliches Ich und folgte seinem Schneekörper nach draußen. Ich hoffte, dass niemandem auffallen würde, dass er tropfte. Und wenn, dann würden die Menschen hoffentlich denken, dass das zu seinem Kostüm gehörte und seine Spritzblume undicht war.

„Ich hole noch schnell Phoebe ab", sagte ich. „Geh du doch schon mal nach draußen."

Leonard nickte nur und ich lief los, um meine Tochter abzuholen. Sie spielte gerade mit den kranken Kindern Mensch ärgere dich nicht, aber sobald ich den Raum betrat, sprang sie artig auf und rannte mir entgegen.

„Fahren wir jetzt nach Hause?"

Ich nickte.

„Leonard muss nach draußen", erklärte ich und Phoebe verstand sofort.

„Ist gut. Tschüss. Leute", rief sie und winkte ihren neuen Freunden.

„Tschüss, Phoebe", riefen die Kinder. „Komm uns bald mal wieder besuchen."

„Wir müssen öfter herkommen", sagte Phoebe auf dem Weg nach draußen. „Emma und Toby sind total nett. Mit denen möchte ich dann wieder spielen."

„Das können wir gerne tun, Phoebe. Aber nur, wenn es die Kinder nicht zu sehr anstrengt."

„Ach was. Sie sagen, dass sie sich über Besuch freuen und dass es richtig toll war, dass Leonard sich als Clown verkleidet hat. Sie wollten mir aber nicht glauben, dass er aus Schnee ist. Aber das stimmt doch, oder, Mama?"

„Ja. Das stimmt, mein Schatz. Aber ich habe dir doch gesagt, dass du darüber nicht reden solltest. Weißt du … Es gibt viele Menschen, die nicht an Wunder glauben und dass Leonard jetzt aus Schnee ist, ist ein Wunder."

Phoebe nickte ernst. „Leonard ist also unser Geheimnis. Ich habe verstanden."

„Ja. So könnte man es auch sagen." Ich lächelte und trat mit ihr vor die Tür, wo Leonard neben einem Baum stand und einfach nur die Kälte zu genießen schien. Die eigenartigen Blicke der Menschen schien er gar nicht zu bemerken. Aber da ich Angst hatte, jemandem könnte auffallen, dass die weiße Farbe seiner Haare und seiner Haut keine Theaterschminke war, zog ich seinen Hut aus meiner Handtasche und setzte ihn ihm auf den Kopf.

„Ich denke, wir sollten gehen“, schlug ich vor. „Geht es dir wieder besser?“

Er nickte. „Ja. Danke. Viel besser.“

„Das ist gut. Du darfst nicht so schnell aufgeben, Leonard. Im Ernst. Wir finden einen Weg. Da bin ich mir sicher. Vielleicht war ich nur einfach nicht die Richtige.“

Er sah mich an, als würde er denken, dass ich ganz genau die Richtige war und tausend Schmetterlinge schienen in meinem Bauch herumzuflattern.

„Leonard?“, fragte Phoebe mit flehendem Blick. „Gehst du mit uns Schlitten fahren?“

Ich erwartete, dass Leonard absagen würde und überlegte bereits, wie ich meine Tochter trösten könnte. Doch zu meiner Überraschung lächelte er Phoebe an. Es war eher ein trauriges Lächeln, aber es schien von Herzen zu kommen.

„Natürlich gehe ich mit dir Schlitten fahren“, sagte er. „Das ist zumindest eine Tätigkeit, bei der ich keine Angst davor haben muss, dass ich schmelze.“

Kapitel 28

Leonard Frost

Obwohl der Tag mit so einer Pleite begonnen hatte, wurde er noch zu einem der schönsten, den ich in den letzten fünf Jahren erlebt hatte. Da ich keine Lust mehr hatte, im Clownskostüm oder im Morphsuit herumzulaufen, lieh ich mir einige Kleidungsstücke von Katies verstorbenem Vater. Unter normalen Umständen hätte ich so etwas nie getragen, aber was war in den letzten Tagen schon noch normal? Ich zog also Jeans und einen dicken Wollpullover an und setzte mir eine Schalmütze auf, die ich so weit in mein Gesicht ziehen konnte, dass nur noch meine Augen zu sehen waren. Wer genau hinsah, würde sich zwar trotzdem über meine helle Haut wundern, aber wenn ich zusätzlich noch eine Sonnenbrille aufsetzte, erkannte man fast gar nicht mehr, dass ich anders aussah als alle anderen.

Sobald ich fertig war, fuhren wir zusammen zu einem Hügel außerhalb von New York, um dort Schlitten zu fahren. Es war ein stark abfallendes Feld, das im Winter offenbar sehr gerne von Familien zum Rodeln verwendet wurde. Nördlich ging der Hang einfach in ein anderes Feld über, aber westlich war er steiler und führte genau auf eine Straße zu. Kurz vor der Straße war eine Art kleiner Schneewall, weil die Räumdienste dort den Schnee zur Seite gedrückt hatten. Aber hinter dem kleinen Wall ging es direkt auf die Straße. Sie war zwar nicht viel befahren, aber es war trotzdem nicht ungefährlich.

Die meisten Familien rodelten daher nördlich und nur einige Jugendliche gingen das Risiko ein, den Westhang zu berodeln.

Mit Katie und Phoebe Zeit zu verbringen, war einfach wunderbar und mir fiel auf, dass es mir gar nichts mehr ausmachte, Phoebe in meiner Nähe zu haben.

Ja. Sie war ein Kind. Und ja, sie erinnerte mich an Tamina. Aber es tat nicht mehr so weh, sie lachen zu hören. Es war vielmehr ein wehmütiges Gefühl, als ich mit ihr und Pheobe den Berg hinunterrodelte und mich auch nach dem zehnten Mal noch überreden ließ, den Schlitten erneut den Berg hinaufzuziehen.

Mir war klar, dass ich eigentlich betrübt sein sollte. Es wäre angebracht, mir den Kopf darüber zu zermartern, was ich noch tun könnte, um mein altes Ich zurückzubekommen. Aber das war mir jetzt gerade tatsächlich egal. Jetzt und hier, wo ich mit Phoebe und Katie im Schnee herumtollte, wollte ich gar nicht darüber nachdenken, was noch kommen mochte oder was ich noch alles vor mir hatte. Ich war einfach nur glücklich, dass ich so eine tolle Zeit mit Katie und ihrer Tochter verbringen konnte und staunte darüber, dass ich nach all dieser Zeit endlich mein Lachen wiedergefunden hatte.

„Phoebe! Schau mal!“, rief Katie und ließ sich in den frischen Schnee fallen. „Ich mache einen Schneeengel.“

Sie bewegte ihre Arme und Beine wie bei einem Hampelmann und stand dann wieder auf.

Phoebe lachte begeistert, warf sich daneben und machte ebenfalls einen Schneeengel. Dann stand sie auf und sah mich auffordernd an.

„Komm!", sagte sie und zog mich zu den Schneeengeln. Ich vermutete, dass sie von mir erwarten würde, mich ebenfalls fallen zu lassen, aber stattdessen grinste sie mich einfach nur an.

„Du bist ja schon aus Schnee. Du musst dich nur noch danebenlegen", sagte sie. „Dann sind wir drei eine richtig tolle Familie und ich habe endlich einen Daddy."

Ich schluckte und wusste im ersten Moment nicht, was ich sagen sollte. Hilfesuchend sah ich zu Katie, aber der schien es genauso die Sprache verschlagen zu haben wie mir. Doch sie fing sich schneller als ich und räusperte sich vernehmlich.

„Hör mal, Schätzchen", begann sie. „Leonard kann vielleicht dein Freund sein, aber er kann niemals deinen Daddy ersetzen."

Es hätte mich erleichtern sollen, dass sie das sagte, aber stattdessen versetzte es mir einen Stich. Denn es stimmte. Ich würde niemals Phoebes Vater sein. Zumindest nicht genetisch und wenn ich es nicht schaffte, meinen Körper zurückzubekommen, dann wohl auch sonst auf keine erdenkliche Weise. Denn was sollte ein Kind bitte schön mit einem Schneemann als Vater anfangen?

In diesem Moment hörte ich den Ruf einer Frau und sah auf. Es war Jen, wie ich mit großen Augen feststellte. Sie stand oben am Hang und sah meinem Bruder und ihrem kleinen Kind dabei zu, wie sie den Hang hinuntersausten.

„Schatz! Du musst bremsen!", rief sie ängstlich. „Bremsen!"

Mein Bruder rammte seine Füße in den Schnee, um

die Geschwindigkeit zu reduzieren und sein kleiner Sohn lachte laut, als sie zum Stehen kamen. Sie waren noch ein ganzes Stück von der Kante entfernt, die zur Straße hinunterführte, aber es war relativ knapp gewesen.

„Ach du jemine“, sagte Katie überrascht. „Ist das nicht dein Bruder?“

Irritiert sah ich sie an. Woher um Himmels willen kannte sie meinen Bruder?

Kapitel 29

Katie

Verdammt. Ich sah Leonard an, dass ich ihm von dem Besuch seines Bruders hätte erzählen sollen. Es war offensichtlich, dass er geschockt darüber war, dass er nichts davon gewusst hatte.

„Phoebe. Schätzchen. Geh doch mal eine Runde alleine rodeln, ja? Ich muss mich kurz mit Leonard unterhalten."

„Ist gut, Mama", rief sie und rannte mit ihrem Schlitten wieder den Berg hinauf.

Sobald sie außer Hörweite war, traute ich mich, Leonard wieder anzusehen und war erschrocken, wie kalt sein Blick war. Und das lag nicht daran, dass er aus Schnee bestand.

„Was hast du mit meinem Bruder zu schaffen?", fragte er in eisigem Tonfall.

Ich schluckte. „Nichts", sagte ich wahrheitsgemäß. „Es ist nur … Er und seine Frau …"

„Seine Frau? Sie ist *meine* Frau. Oder sie war es zumindest, bis er sie mir weggenommen hat!"

Er ging bedrohlich einen Schritt auf mich zu und ich wich zurück.

„Ich weiß. Ja. Du hast es mir erzählt. Aber ist es denn so, dass du sie immer noch willst?"

Ich hatte bisher nicht den Eindruck gehabt, dass er noch an Jennifer hing, daher kam das Ganze für mich überraschend. Er hatte immerhin selbst gesagt, dass er nichts mehr für sie empfand. Aber vielleicht hatte er sich da selbst etwas vorgemacht. Irrationalerweise versetzte mir dieser Gedanke einen Stich, mit dem ich nicht gerechnet hatte. War ich etwa eifersüchtig?

„Darum geht es doch überhaupt nicht", rief Leonard aufgebracht. „Tatsache ist, dass sie mich beide verraten haben."

„Sie haben dich nicht verraten, sondern sie haben sich verliebt. Liebe ist nichts, was man bewusst entscheidet. Es ist etwas, das einfach passiert. Und es ist ja auch nicht so, dass du um Jennifer gekämpft hättest."

Leonards Gesicht verfinsterte sich noch mehr.

„So siehst du das also, ja? Es ist meine Schuld."

„Nein. So habe ich das nicht gemeint. Niemand ist schuld an dieser Sache. Es … es tut mir unglaublich leid, was dir und deiner Familie geschehen ist. Ein Kind zu verlieren ist grausam und ich mag mir gar nicht vorstellen, wie das für dich gewesen sein muss. Aber du hast dich danach komplett von deiner Familie abgewandt. Du warst immerhin nicht der Einzige, der getrauert hat und ich bin überzeugt, dass dein Herz wieder Wärme empfinden könnte, wenn du wieder Liebe zulassen würdest. Und damit meine ich nicht für mich, sondern für deine Familie oder für ein Kind. Denn das ist es, was du vor allem in dir weggesperrt hast. Die Möglichkeit, ein Kind liebzuhaben, hast du dir vollständig genommen."

Kapitel 30

Leonard Frost

Ich wandte mich von Katie ab und sah hinüber zu meinem Bruder. Ich wollte das alles nicht hören und vor allem wollte ich nicht darüber nachdenken, ob sie vielleicht recht hatte.

Ich hatte meine Gefühle jahrelang in mir verschlossen und nicht zugelassen, dass sie mich beeinflussten. Und dann passierte so etwas. Ich hatte nie an Wunder geglaubt, aber allein die Tatsache, dass ich hier war und nicht im Krankenhaus, zeigte, dass es Wunder geben musste. Insofern musste ich davon ausgehen, dass das Mädchen, das meinen Unfall verursacht hatte, eine Art Winterengel war.

Und dieser Winterengel wollte, dass ich wieder Wärme in mein Herz ließ. Aber wie sollte ich das, wenn ich so verletzt worden war? Ich sah zu Phoebe, die auf ihren Schlitten stieg, sich daraufsetzte und dann losfuhr.

Dieses Kind war toll. Ich hatte sie in den letzten Tagen unfreiwillig kennen- und lieben gelernt. Genau wie ihre Mutter, die mir längst mehr bedeutete, als ich je zugegeben hätte. Katie war mir, ohne dass ich es gemerkt hatte, über die Jahre hinweg so wichtig geworden, dass ich alles Mögliche getan hatte, um sie enger an mich zu binden. Ich hatte sie Überstunden machen lassen und sie zu allen möglichen Aktivitäten mitgenommen, einfach, weil ich sie in meiner Nähe hatte haben wollen. Mir war inzwischen klar, dass das der falsche Weg gewesen war. Denn ich würde Katie nie ohne ihre Tochter haben können. Egal wie sehr ich versuchte, sie von ihr zu trennen. Die beiden waren eine Einheit und die Liebe zwischen Mutter und Kind war um ein Vielfaches größer als das, was zwischen Mann und Frau existieren konnte.

Wenn ich mir also eine Zukunft mit Katie wünschte, dann würde ich auch Phoebe akzeptieren müssen. Und ich wusste nicht, ob ich das konnte. Ich wusste ja noch nicht einmal, ob ich dazu imstande sein würde, meinem Bruder und Jen irgendwann zu verzeihen. Und die beiden hatte ich früher definitiv einmal geliebt.

„Leonard. Rede mit mir", bat Katie.

Doch ich hörte nicht auf sie, denn ich hatte etwas gesehen. Seitlich am Feld stand wie aus dem Nichts plötzlich das Mädchen. Sie stand einfach da und schien Phoebe mitten im Weg zu sein. Einen Moment fürchtete ich, dass Katies Tochter durch sie hindurchdüsen würde, aber in letzter Sekunde, sah sie das Mädchen und wich mit ihrem kleinen Lenkschlitten aus, indem sie das Lenkrad herumriss. Dadurch geriet sie allerdings auf den steilen Westhang, den auch mein Bruder gerade schon heruntergesaust war.

„Phoebe! Nein!", schrie Katie, die entdeckt hatte, dass ihre Tochter den falschen Weg eingeschlagen hatte. Phoebe versuchte zu bremsen, indem sie ihre Füße in den Schnee schlug, aber es war bereits zu spät. Sie schrie, rauschte den Abhang hinunter und hüpfte über den Wall, der das Feld von der Straße trennte. Dabei verlor sie den Schlitten und fiel auf die Straße. In diesem Moment tauchte in der Ferne ein Lastwagen auf.

Ich zögerte keine Sekunde. Ich rannte los, schlitterte die steile Stelle hinunter und rannte weiter auf den Wall zu.

Katie versuchte mir zu folgen, aber sie war nicht so schnell wie ich. Phoebe war benommen und versuchte auf die Beine zu kommen, aber der LKW kam immer näher. Ich hörte wie er hupte und sah, dass er versuchte zu bremsen. Aber sein Bremsweg war viel zu lang und er würde unmöglich rechtzeitig zum Stehen kommen. Die Lichter wurden heller und ich rannte noch schneller. Ich sprang über den Wall und wollte Phoebe packen. Aber ich wusste instinktiv, dass ich es unmöglich schaffen würde, uns beide zu retten. Daher stieß ich sie heftig zur Seite, sodass sie auf der anderen Straßenseite im Graben landete. Ich versuchte ihr zu folgen, aber es war bereits zu spät.

Ich sah die hellen Lichter des LKWs, den geschockten Ausdruck des Fahrers und dann fühlte ich den Aufprall.

Kapitel 31

Katie

„Phoebe!", schrie ich. „Um Gottes willen. Phoebe!"

Ich rannte und schlitterte, bis ich endlich den LKW erreicht hatte. Gott. Das konnte nicht sein. Das durfte einfach nicht sein. Der LKW stand viel weiter vorne. Genau da, wo gerade noch Phoebe gewesen war. Und Leonard. Hatte der Laster sie beide erwischt? Ich hatte es nicht sehen können und rannte panisch um den Wagen herum. Ich fürchtete bereits, Blut an der Stoßstange zu finden. Doch dann endlich hörte ich ihre Stimme.

„Ich bin hier, Mommy", rief meine kleine Tochter und ich hätte vor Erleichterung weinen können.

Sie lag in dem dicken Schnee des Grabens und schien nicht ohne Hilfe herauszukommen. Ich rannte zu ihr, zog sie hoch und umarmte sie so sehr, dass es uns vermutlich beiden wehtat.

„Tu sowas nie wieder, hörst du? Nie wieder!"

„Tut mir leid, Mommy. Aber Leonard hat mich gerettet."

Leonard. Um Himmels willen. An ihn hatte ich einen Moment gar nicht mehr gedacht. Geschockt sah ich mich um und erkannte dann die irritierten Gesichter der Menschen, die um etwas herumstanden, das halb unter dem LKW lag. Leonard. Oh Gott. Bitte nicht.

Mit Phoebe auf dem Arm rannte ich zu der Menschenmenge und bahnte mir einen Weg.

„Was ist das?", fragte jemand. „Ist das ein Trick?"

„Wieso blutet er nicht?"

„Wie kann das sein?"

„Ist doch egal. Wir brauchen einen Krankenwagen."

„Nein!", rief ich. „Keinen Krankenwagen."

Instinktiv wusste ich, dass kein Krankenwagen Leonard würde helfen können. Daher schubste ich die letzte Person vor mir zur Seite, setzte Phoebe ab und kniete mich neben Leonard. Sein Körper war ganz schön in Mitleidenschaft gezogen worden, aber dafür, dass er aus Schnee bestand, sah er gar nicht so übel aus. Sein Gesicht war noch vollständig intakt, nur ein Teil seines Körpers schien zertrümmert zu sein. Nirgendwo war Blut. Natürlich nicht. Aber zu meinem Erschrecken klaffte ein Loch in seiner Brust, durch das ich das eisige Herz in seiner Brust pulsieren sah.

„Leonard", schluchzte ich und bettete seinen Kopf auf meinen Schoß. „Oh Gott. Halt durch. Bitte. Das kriegen wir schon wieder hin."

„Soll ich neuen Schnee holen?", fragte Phoebe mit großen Augen. „Vielleicht können wir ihn ja wieder aufbauen."

Wäre es nur eine kleine Verletzung gewesen, dann hätte ich das auch versucht. Aber das hier war schlimm. Richtig schlimm. Und ich glaubte nicht, dass es mit ein bisschen Schnee wieder zu kitten war.

„Lass", sagte Leonard, als Phoebe aufspringen wollte und griff mit seinem verbliebenen Arm nach ihrer Hand.

Es war ein Wunder, dass von seinem Gesicht überhaupt noch so viel übrig war, dass er sprechen konnte. Wäre er ein richtiger Mensch, dann hätte es bestimmt gruselig ausgesehen. In seiner Schneegestalt hingegen wirkte es einfach nur traurig. Er war vorher so perfekt gewesen und jetzt war kaum noch etwas von ihm übrig. Und das nur, weil er meine Tochter gerettet hatte, obwohl er Kinder doch gar nicht mochte.

„Es ist okay", sagte Leonard und sah Phoebe bedauernd an.

„Nein", widersprach sie. „Es ist nicht okay. Du darfst nicht sterben. Wieso … wieso hast du mich denn gerettet?"

„Weil ich es nicht ertragen hätte, wenn dir auch noch etwas passiert wäre", sagte er und streichelte die Wange meiner Tochter.

Die Menschen um uns herum waren ganz still geworden. Ich konnte ihr Unbehagen und ihren Unglauben fühlen, aber sie sagten nichts und ich war froh darüber. Denn diesen Moment wollte ich für mich haben. Für mich und für Phoebe, der Leonard in den letzten Tagen auch schon viel zu sehr ans Herz gewachsen war.

„Warum hast du das getan?", fragte Phoebe mit Tränen in den Augen.

„Weil ich dich gern habe", antwortete Leonard und mein Herz quoll über vor Liebe für diesen sturen und undurchschaubaren Mann. Ich wollte auf gar keinen Fall, dass er uns verließ, aber ich hatte auch keine Ahnung, wie ich ihn daran hindern sollte.

„Ich habe dich gern. Genau so, wie ich meinen Bruder gern habe. Und meine Exfrau."

Ich sah Jennifer und Will, die mit ihrem kleinen Sohn im Arm in der Menge standen und Leonard betroffen ansahen.

„Wie ...", stotterte Will und sah mich fragend an. „Wie kann das alles sein?"

Aber ich konnte ihm nicht antworten. Ich wollte es auch gar nicht. Viel zu beschäftigt war ich mit meinem eigenen Schmerz und dem meiner Tochter.

„Ich habe keine Ahnung, wie es dazu gekommen ist", antwortete Leonard für mich. „Aber ich bin dankbar dafür. Diese Gestalt hat mir gezeigt, wie kalt es in meinem Herzen war und wie wenig ich in den letzten Jahren gelebt habe. Und wenn ich jetzt gehe, dann gehe ich zumindest mit einem guten Gefühl."

„Aber du darfst nicht gehen", widersprach Phoebe. „Ich habe den Winterengel doch gebeten, dass ich endlich einen Papa bekomme."

Ich sah die Betroffenheit in Leonards Gesicht und stellte zu meinem unendlichen Bedauern fest, dass sein Eisherz immer langsamer schlug. Und ich wusste instinktiv, dass auch Leonards Menschenherz aufhören würde zu schlagen, sobald es sein Eisherz getan hatte.

„Ich wäre gerne dein Papa geworden", sagte Leonard mit so viel Aufrichtigkeit, dass mir erneut die Tränen kamen. Dann sah er mich an. „Und ich hätte dir gerne bewiesen, dass in mir mehr steckt als der Eisklotz, den du von der Arbeit kennst."

„Das hätte mir gefallen", sagte ich und meinte es auch so. Mir war längst klargeworden, dass in Leonard so viel mehr steckte, als ich in den letzten Jahren von ihm gesehen hatte. Seine ganze miese Art und seine Abweisungen hatten nur den Grund gehabt, Menschen von sich fernzuhalten. Aber aus irgendeinem Grunde hatte er mich trotzdem immer in seiner Nähe haben wollen. Das war so unlogisch und gleichzeitig so schön, dass ich gar nicht mehr wusste, wohin mit meinen Gefühlen.

„Geh nicht", bat ich ihn. „Es gibt so viel, was dich hier noch erwartet."

„Es ist nicht meine Entscheidung", sagte er mit traurigem Blick. „Ich wäre gern bei dir geblieben." Er sah auch zu Will und Jennifer. „Bei euch allen. Wenn ich noch eine zweite Chance hätte, würde ich alles anders machen. Das weiß ich jetzt."

Auch Jennifer schluchzte und vergrub ihr Gesicht an Wills Brust, der stumm nickte und seinem Bruder damit signalisierte, dass er ihn verstand.

Ich staunte, dass all diese Menschen es einfach so hinnahmen, dass vor ihnen ein sterbender Schneemann lag. Denn das war ja nun wirklich nichts Alltägliches. Es war fast, als hätte sie alle diese zauberhafte Stimmung erfasst, die nur dann fühlbar ist, wenn Weihnachten in der Luft liegt und überall Liebe zu spüren ist.

Aber ich war so froh darüber, dass Phoebe und ich wenigstens Abschied nehmen konnten.

„Ich hätte uns auch gern eine Chance gegeben", sagte ich mit Tränen in den Augen. „Aber es ist okay. Es ist in Ordnung, wenn du gehen musst."

Als mein Vater im Sterben gelegen hatte, hatten die Ärzte mir gesagt, dass es wichtig wäre, den Sterbenden so etwas zu vermitteln, weil man es ihnen dadurch einfacher machte. Ich hatte damals nicht gewollt, dass mein Vater uns verließ und ihm trotzdem gesagt, dass es okay war. Und genauso sagte ich es jetzt zu Leonard, obwohl ich natürlich nicht wollte, dass er starb. Aber Phoebe schien diese Logik von Erwachsenen nicht zu verstehen, denn sie schüttelte heftig mit dem Kopf.

„Nein“, schluchzte sie. „Es ist nicht okay. Es ist überhaupt nicht okay. Ich will nicht, dass du gehst. Du darfst nicht einfach gehen. Du bist mein bester Freund.“

„Keine Angst. Ich werde nicht wirklich weg sein“, versprach Leonard und streichelte ihre Wange. „Ich werde immer um dich sein. Genau wie der Winterengel, von dem du gesprochen hast.“

Ich schluchzte auf und legte meine Hand auf sein Herz, das so offen und schutzlos dalag. Leonard seufzte, als hätte ich ihm die Schmerzen genommen und ich wusste, dass es jetzt gleich vorbei war.

Phoebe weinte und als das Herz zum letzten Mal schlug, warf sie sich auf Leonard und umarmte ihn.

„Ich will nicht, dass du gehst“, wiederholte sie immer wieder. „Ich wünsche mir doch so sehr, dass du mein Papa wirst.“

Sie drückte ihm weinend einen Kuss auf die Wange, und dann plötzlich passierte es. Das Herz in meiner Hand wurde warm. Es begann zwar nicht wieder zu schlagen, aber es wurde so heiß, dass ich es losließ und meine Finger zurückzog.

Mit großen Augen starrten wir auf das Herz, das inzwischen rötlich glühte und dann plötzlich in die Luft zu steigen schien. Es verwandelte sich in eine Art kleine Sternschnuppe, die nach oben flog und dann auf einmal davonstob.

Zeitgleich zerfiel Leonards Körper endgültig, sodass nichts als ein Schneehaufen von ihm übrig war. Es dauerte eine ganze Weile, bis wir alle unsere Fassung wiedererlangt hatten und überhaupt dazu imstande waren, wieder etwas zu sagen.

„Was … was ist da gerade passiert?", fragte Will.

„Ich bin mir nicht sicher, aber ich glaube, dass es endlich jemand geschafft hat, Leonards Herz zu erwärmen."

„Aber … wie?"

Ich lächelte und drückte Phoebe einen Kuss auf die Stirn. „Er wurde von einer Prinzessin geküsst."

Kapitel 32

Leonard Frost

Ich fühlte die Wärme, die Phoebe und Katie mir gegeben hatten und plötzlich wurde mir ganz leicht ums Herz. Nichts schmerzte mehr und alles war einfach nur schön. Ich fühlte eine solche Erleichterung, als ich meinen Körper verließ und in die Luft gehoben wurde. So war es also, wenn man starb.

Kein dunkler Tunnel, sondern ein Davonfliegen. Frei wie ein Vogel. Nur dass ich nicht das Gefühl hatte, selbst entscheiden zu dürfen, wohin ich flog. Stattdessen zog es mich immer weiter nach oben und dann hinüber in Richtung Stadt. Ich sah all die Menschen, die sich langsam auf Weihnachten vorbereiteten und fühlte einen allumfassenden Frieden darüber, diese Welt jetzt hinter mir zu lassen.

Ich hatte nicht gelogen. Ich wollte gerne bei Phoebe und Katie bleiben. Und ich bedauerte es, dass ich keine Gelegenheit mehr gehabt hatte, mich mit meinem Bruder und Jen zu versöhnen. Trotzdem war es in Ordnung, jetzt zu gehen. Mein kleiner Engel war bereits fort und es war okay, wenn ich nun zu ihm ging.

Doch zu meiner Überraschung flog ich nicht weiter in den Himmel hinein, sondern es zog mich zu dem Krankenhaus, in dem mein Körper lag. Ich schwebte durch die geschlossene Scheibe und blieb dann als Lichtkugel in der Luft hängen.

Ich sah meinen Körper, der nach wie vor in seinem Bett lag und dann die Menschen darum herum, die offensichtlich versuchten, mein Herz wieder zum schlagen zu bringen.

Jemand drückte mir ein Gerät auf die Brust und im nächsten Moment fühlte ich einen Sog, der mich zurück in meinen Körper bringen wollte. Doch dann schien plötzlich die Zeit stehenzubleiben und alles passierte in Zeitlupe. Ich sah wieder das dunkelhäutige Mädchen. Sie war plötzlich einfach da und stand neben mir im Krankenzimmer.

„Bist du bereit, Leonard?", fragte sie und sah mich herausfordernd an. „Willst du es noch mal wagen?"

Sie hatte mir das Gesicht zugewandt und zum ersten Mal erkannte ich, dass sie nicht irgendein Mädchen war. Sie trug diesmal keine Mütze und auch keinen Dreck im Gesicht und ich erkannte überrascht, dass ich eine ältere Version von meiner Tochter vor mir hatte.

„Tamina?", fragte ich ungläubig.

Sie nickte. „Ja, Papa."

Mich durchströmte ein Glücksgefühl, das so stark war, dass ich gar nicht mehr an mich halten konnte. Ich flog auf sie zu und in ihre Arme. Sie umfing mich und ich war so unglaublich froh, dass ich es gar nicht in Worte fassen konnte.

„Bist du hier, um mich abzuholen?"

Sie schüttelte den Kopf. „Ich bin hier, um dich zu heilen", erklärte sie. „Mein Tod hat dich krank gemacht. Er hat dein Herz in einen Eisblock verwandelt und ich bin hier, um das zu ändern. Ich habe dich mit Phoebe und Katie zusammengeführt, weil ich wusste, dass die beiden es schaffen würden, dein Herz wieder zu erwärmen. Und ich hatte recht."

Ich staunte nicht schlecht. Damit hatte ich nicht gerechnet.

„Heißt das, ich kann dich nicht begleiten?"

„Doch. Das kannst du. Wenn du möchtest, dann kannst du mit mir kommen. Aber das würde bedeuten, dass du dir selbst die Möglichkeit nimmst, noch einmal glücklich zu werden. Mama hat ihre Chance ergriffen und ich freue mich jeden Tag für sie. Was ist mit dir?"

Ich schluckte. Tamina hatte recht. Jen hatte aufgehört in der Vergangenheit zu leben und nach vorne geblickt. Sie hatte nicht versucht, krampfhaft an Tamina festzuhalten, sondern sie hatte sie gehen lassen und sich ein neues Leben aufgebaut. Ich hatte das nicht getan.

„Was, wenn ich nicht aufhören will, in der Vergangenheit zu leben?", fragte ich, denn es kam mir wie Verrat an Tamina vor, die Zeit mit ihr einfach hinter mir zu lassen. Es erschien mir falsch. Doch Tamina sah mich nur traurig an.

„Wenn du nicht zurück willst, dann musst du nicht zurück. Was hält dich hier, wenn du nicht nach vorne blicken willst?"

Ich sah zu meinem Körper, bei dem die Ärzte gerade darum kämpften, mein Herz wieder zum Schlagen zu bringen. Mir war klar, dass ich nicht ewig Zeit hatte, mich zu entscheiden. Daher versuchte ich in mich hineinzuhören und zu ergründen, was ich mir wünschte.

Und ohne dass ich es wollte, wanderten meine Gedanken zu Katie und Phoebe. Mir war klar, dass ich Katie niemals ganz für mich haben würde. Aber das war okay. Phoebe war ein wunderbares Kind und ich wünschte mir von Herzen, ihr ein Vater zu sein. Doch nicht nur die beiden wollte ich nicht allein lassen, sondern auch meinen Bruder, meine Eltern und sogar Jen. Sie alle würden sich schreckliche Vorwürfe machen und furchtbar leiden, wenn ich ging. Aber wenn ich blieb, dann musste ich die Vergangenheit hinter mir lassen.

„Willst du denn nicht, dass ich dich begleite?", fragte ich Tamina und sie sah mich traurig an.

„Ich will, dass du mich loslässt. Und ich will, dass du glücklich wirst. Nur so kann ich meinen Frieden finden."

Als sie das sagte, begann die Zeit wieder schneller zu laufen und ich wusste, dass ich meine Entscheidung bereits getroffen hatte.

„Ich liebe dich, mein Engel", sagte ich zu Tamina und hätte sie am liebsten ein letztes Mal in die Arme genommen.

Aber das war nicht möglich und ich wurde immer weiter zu meinem Körper gezogen. Ich sah noch, wie Tamina mir ein letztes Mal zuwinkte. Dann fuhr ein erneuter Stromschlag durch mich hindurch und im nächsten Moment wurde ich zurück in meinen Körper katapultiert.

Kapitel 33

Katie

„Er wacht auf! Er wacht auf!“, rief Phoebe aufgeregt und ich hielt mir einen Finger vor den Mund, um sie zu bitten, leiser zu sein.

„Nicht so laut“, sagte ich. „Du erschreckst ihn noch zu Tode.“

Leonard blinzelte und mein Herz schlug mir bis zum Hals, als er mich ansah und anfing zu lächeln.

„Hi“, sagte ich.

„Hi“, erwiderte er mit kratziger Stimme. „Ihr seid hier.“

„Natürlich sind wir hier“, sagte ich und war froh, dass Leonard offenbar wusste, wer ich war.

In den Filmen konnten die Menschen sich nach so fantastischen Reisen oft an nichts mehr erinnern, aber Leonard schien genau zu wissen, was passiert war und wirkte auch nicht erschrocken oder irritiert über Phoebes Anwesenheit im Zimmer.

„Wie … wie seid ihr so schnell hergekommen?“, fragte er.

„Schnell ist gut. Seitdem man dich zurückgeholt hat, sind bereits mehrere Stunden vergangen. Der Arzt hat mich informiert, weil ich in der Krankenakte als Kontakt stehe und Phoebe und ich sind so schnell wie möglich zum Krankenhaus gefahren. Dein Bruder und Jen sind auch da. Willst … willst du sie sehen?“

Er schüttelte den Kopf und ich fühlte eine große Enttäuschung in mir aufsteigen. Erinnerte er sich vielleicht doch nicht an alles? War er jetzt wieder der miesepetrige und unnahbare Mann, als den ich ihn jahrelang gekannt hatte?

„Noch nicht", krächzte Leonard, streckte eine Hand nach mir aus und die andere nach Phoebe.

Ich ergriff seine Rechte und meine Tochter schmiegte sich an die Linke. Ich hatte sie selten so vertraut mit jemandem gesehen, den sie eigentlich gar nicht kannte und ich fragte mich, ob es bei Vater und Tochter vielleicht so eine Art Seelenverwandtschaft gab, wenn die beiden gar nicht verwandt waren. Mit Tamina schien er so etwas gehabt zu haben und ganz offensichtlich hatte er es auch mit Phoebe, was mich glücklicher machte, als ich je erwartet hätte.

„Ich will meinen Bruder und Jen später sehen. Aber zuerst möchte ich noch ein wenig die Zeit mit den beiden Menschen verbringen, die mir geholfen haben, die Wärme zurück in mein Herz zu bringen und mit denen ich meine Zukunft verbringen möchte. Wenn ihr nicht gewesen wärt, wäre ich noch immer ein Eisklotz und ihr habt keine Ahnung wie dankbar ich euch dafür bin."

Phoebe und ich lächelten einander an und fielen Leonard dann beide um den Hals.

„Das haben wir gern getan", versicherte ich ihm.

„Heißt das denn, du möchtest in Zukunft mein Daddy sein?", fragte Phoebe.

Ich hielt die Luft an. Als sie das letzte Mal so etwas angedeutet hatte, hatte Leonard direkt dicht gemacht und ich fürchtete, dass dies auch jetzt der Fall sein würde. Aber zu meiner Überraschung lächelte Leonard sie nur an und sagte in liebevollem Tonfall: „Sag niemals nie. Allerdings hat deine Mama da wohl auch noch ein Wörtchen mitzureden."

Epilog

Zwei Jahre später

Leonard Frost

Es schneite, als wir an der kleinen Kirche ankamen und ich musste gestehen, dass ich froh darüber war, dass ich Jennifer damals nicht kirchlich geheiratet hatte. Denn dadurch war es mir möglich, diesen Bund heute mit Katie einzugehen.

„Und? Schon nervös?“, fragte William und klopfte mir auf die Schulter.

Ich lächelte ihm zu und schüttelte den Kopf. Ich war selbst überrascht, wie ruhig ich war.

Als ich Jennifer geheiratet hatte, war ich ein nervliches Wrack gewesen. William musste mich damals regelrecht ins Standesamt zerren und meine Hand zitterte wie Espenlaub, als ich die Unterschrift setzen sollte. Nicht, weil ich Jennifer nicht geliebt hätte, sondern weil ich irgendwie eine Vorahnung gehabt hatte, dass sie nicht die Richtige für mich war.

Das war bei Katie vollkommen anders. Ich hatte mich von Anfang an zu ihr hingezogen gefühlt und seitdem ich mir das eingestanden hatte und Gefühle wieder zuließ, war ich so glücklich wie noch nie in meinem Leben. Sie und Phoebe waren die Sonne meines Lebens und mit ihnen fühlte ich endlich wieder Optimismus, wenn ich an die Zukunft dachte.

„Ich bin nicht nervös“, sagte ich daher voller Überzeugung, als wir durch die vollbesetzte Kirche gingen und vor dem Altar Stellung bezogen. „Aufgeregt vielleicht, aber nicht nervös.“

Ich hatte meinen Bruder als Trauzeugen ausgewählt und war froh über unsere Versöhnung. Selbst Jennifer hatte ich im Laufe der letzten Jahre verziehen und hoffte, dass wir in Zukunft einfach nur befreundet sein konnten. Sie saß mit meinem kleinen Neffen in der ersten Reihe neben meinen Eltern und alle lächelten mir zu. Was mir widerfahren war, war so wundersam, dass es niemand glauben konnte, der es nicht gesehen hatte, aber jeder aus meiner Familie war einfach nur glücklich, dass ich nach all den Jahren endlich wieder ganz der Alte war.

Auf der anderen Seite der Kirche entdeckte ich Katies Mutter in der ersten Reihe, die mir zuwinkte, als sie mich erkannte. Ihre Sehfähigkeit war zwar nicht wieder bei hundert Prozent, aber die OP hatte glücklicherweise dazu geführt, dass sie erheblich besser sehen konnte als zuvor.

„Ich freue mich sehr für dich“, sagte mein Bruder und drückte meine Schulter. „Ich verstehe allerdings immer noch nicht, warum ihr ausgerechnet im Winter heiraten müsst. Die meisten Paare heiraten doch viel lieber im Sommer.“

Ich lachte. „Ich liebe den Winter“, erklärte ich und sah nach vorne.

William hakte nicht weiter nach, denn die Musik setzte ein und wenige Augenblicke später tauchte Phoebe auf. Als Blumenmädchen schritt sie den Gang entlang.

Sie trug ein blaues Kleid, auf dem lauter Eiskristalle

aufgestickt waren und sah so hübsch aus, dass ich am liebsten platzen wollte vor lauter Stolz. Sobald ich mit Katie verheiratet war, würde ich sie adoptieren und sie auch offiziell zu meiner Tochter machen. Denn in meinem Herzen war sie das längst.

Die Orgelmusik änderte sich und dann kam Katie herein. Sie trug ein weißes, bodenlanges Kleid, in dem man deutlich die Wölbung ihres Bauches erkennen konnte und bei ihrem Anblick wurde mein Herz so warm, dass es fast überquoll vor Liebe.

Oh ja. Ich liebte den Winter. Denn er hatte mich gelehrt, wieder Gefühle in mein Leben zu lassen. Und erst jetzt, wo ich Katie und Phoebe hatte, war mir wirklich klar, wie kalt es in meinem Inneren gewesen war. Sie hatten meine Seele erwärmt und mir wieder gezeigt, wofür es sich zu leben lohnte. Und das würde ich ihnen nie vergessen.

Nachwort

Und schon sind wir wieder beim Ende angelangt. Wie gewohnt möchte ich euch erstmal ein bisschen über dieses Buch erzählen.

Ich habe schon länger überlegt, mal einen Winterroman zu schreiben, hatte aber einfach nicht den passenden Einfall dafür. Und dann bin ich irgendwann Ende August aufgewacht und hatte plötzlich diese Idee mit einem lebendigen Schneemann im Kopf. Ich weiß, dass der Gedanke nicht ganz neu ist. Einige kennen vielleicht den Film „Jack Frost“ von 1998 mit Michael Keaton. Bei mir war aber gleich klar, dass der Mann kein normaler Schneemann sein sollte, sondern eher ein Mann aus Schnee, der innerlich so kalt ist, dass er aufgewärmt werden muss, um eine zweite Chance zu erhalten.

Die Story hat mich nicht losgelassen, also habe ich alles andere zurückgestellt und 8 Tage lang fast ohne Pause durchgeschrieben. Ich musste natürlich noch ein paar Dinge überarbeiten, aber im Großen und Ganzen war die Novelle danach fertig. Es floss einfach so aus mir heraus und lief wie ein Film vor meinen Augen ab.

Es ist insofern ein absolutes Herzensbuch, weil ich schon lange nicht mehr so viel Spaß am Schreiben hatte wie bei diesem Projekt und ich hoffe sehr, dass man das auch fühlen konnte.

Falls es euch gefallen hat, dann schreibt mir doch bitte eine Rezension auf Amazon. Leider machen sich immer weniger Leser die Mühe, dabei wäre es so wichtig für die Autoren. Ich persönlich lese jede einzelne Rezension und freue mich riesig, wenn jemand sich die Zeit dafür nimmt. Ansonsten freue ich mich aber auch über jede Mail und jede Zuschrift.

Falls ihr auch über meine anderen Projekte auf dem Laufenden bleiben wollt, dann tragt euch doch bitte auch für meinen Newsletter ein unter:

http://hannahsiebern.de/kontakt/

Ich gebe die Emailadressen auch ganz bestimmt nicht weiter. Versprochen.

Danksagung

Auch bei diesem Buch möchte ich wieder allen Menschen danken, die mir geholfen haben. Allen voran meinen Brüdern, die mich immer unterstützen und mich mit hilfreichen Tipps versorgen. Aber auch meiner Mutter und meinem Freund, die immer an meiner Seite sind.

Außerdem geht mein Dank an meine beiden Lektorinnen Nadine d'Arachart und Sarah Wedler. Die beiden haben die Geschichte einfach mal so dazwischengeschoben, worüber ich sehr glücklich bin. Des Weiteren danke ich allen meinen fleißigen Probelesern, die mir geholfen haben, die letzten Fehler zu beseitigen und natürlich euch Lesern, dass ihr dieses E-Book gekauft und gelesen habt.

Vielen Dank für euer Vertrauen, dass man von mir sowohl Fantasy- als auch Liebesbücher lesen kann. Ohne ein bisschen Abwechslung wäre die Welt schließlich langweilig, nicht wahr?

Weitere Bücher von Hannah Siebern

Du magst Liebesromane?
Dann solltest du dir auf keinen Fall meine Barfuß-Bücher entgehen lassen.
Romane über die Liebe, den Schmerz und alles, was sonst noch dazu gehört.

Janna trifft an der Uni auf Josh- den süßen Jungen aus ihrer alten Nachbarschaft, mit dem sie schon als Kind barfuß im Regen gespielt hat. Doch ihre Wiedersehensfreude hält sich in Grenzen. Jannas letzte Beziehung endete in einer Katastrophe und hinterließ bei ihr tiefe Wunden. Um Männer macht sie seitdem einen großen Bogen und konzentriert sich lieber auf ihr Studium. Daher kann sie es gar nicht brauchen, dass Josh sie mit seinersorglosen Art und seinen sturmgrauen Augen immer wieder aus der Reserve locken will.
Als die Umstände sie dazu bringen, mit Josh in eine WG zu ziehen, ist das Chaos perfekt. Vor allem, weil die Vergangenheit jeden Augenblick an die Tür klopfen könnte ...

Weitere Bücher von Hannah Siebern

Die **Nubila-Reihe**
1. Teil: Das Erwachen
2. Teil: Aufstand der Diener
3. Teil: Familienbande
4. Teil: Die Entscheidung
5. Teil: Die letzte Schlacht

Kathleen, eine junge Jurastudentin, ist zur falschen Zeit am falschen Ort und verliert nach einem Vampirangriff fast alle Erinnerungen an ihr altes Leben. Aufgrund ihrer menschlichen Geburt gehört sie nach der Verwandlung automatisch den Kaltblütern, der Dienerrasse an. Ihr "Herr" Jason ist fortan für ihre "Erziehung" zuständig und versucht ihr die wichtigsten Regeln in dieser neuen Welt begreiflich zu machen:

1.Beiße niemals einen Menschen
2.Gehorche immer der Herrenrasse und
3.Verliebe dich auf gar keinen Fall, unter keinen Umständen in deinen Herrn.

Doch die Einhaltung dieser Regeln fällt Kathleen schwerer, als sie je erwartet hätte.

Die Nachtjägerin

Seiltanz zwischen den Welten

The Diamond Guys (Kyle und Jared)

Leseprobe
zu Kyle (The Diamond Guys)

Kyle Thompson hasste Schnee. Ziemlich unpraktisch, wenn man in einem kalten Bundesstaat lebte und noch dazu professioneller Eishockeyspieler war.

Diese Abneigung lag nicht etwa daran, dass seine Vorfahren aus Afrika stammten, sondern dass er mit der kalten Jahreszeit einige unschöne Erinnerungen verband.

Glücklicherweise liebte er Eishockeyspielen aber so sehr, dass er dadurch alles andere vergaß: die Kälte, die unbequeme Kleidung, das durch den Helm eingeschränkte Sichtfeld und die Strapazen des Trainings. Sobald er auf dem Spielfeld stand, war das alles nicht mehr wichtig.

Die Trillerpfeife ertönte, Kyle sprintete los und rammte einen seiner Gegner mit der Schulter. Sie spielten heute gegen die New York Grizzlies, sein altes Team, was es nicht unbedingt leichter machte. Er kannte die Hälfte der Spieler von früher und ein Teil von ihm bereute es immer noch, dass er gewechselt hatte.

Doch nun war er in einem neuen Team und die Buffalo Toros waren jetzt seine Familie. Auch wenn er sich nie wirklich in die Gruppe eingefunden hatte, so wusste er doch, was sein Job war.

Der Puck lag genau vor ihm und Kyle erreichte ihn kurz vor seinem alten Teamkollegen Michael. Er schoss die Eishockeyscheibe weiter und beschrieb mit seinen Schlittschuhen einen Halbkreis, um an Michael vorbei zu kommen. Dieser hob den Arm und erwischte Kyle dabei fast mit dem Ellenbogen.

Manchmal war die Schutzkleidung ja doch zu etwas nutze. Eis spritzte in Kyles Gesicht und er fuhr sich mit der Hand schnell über seinen Sichtschutz. Dann kam der Puck wieder zu ihm. Er streckte sich, brachte ihn unter Kontrolle und überlegte eine Millisekunde lang, an seinen Bruder weiterzuschießen. Ronny stand näher zum Tor und war in einer günstigeren Position. Aber sein Instinkt sagte ihm, dass er es selbst schaffen konnte, also gab er die Scheibe nicht ab, sondern holte aus und schoss. Einen schrecklichen Moment lang fürchtete Kyle, dass der Torwart ihn halten würde, aber der Puck rutschte unter seinem ausgestreckten Bein durch, landete im Tor und Jubelschreie schallten durch die gesamte Halle.

Die Zuschauer grölten und Ronny klatschte mit ihm ab. „Gut gemacht, Bro", sagte er. „Aber du hättest mich ruhig mitspielen lassen können."

„Nächstes Mal, kleiner Bruder. Du bekommst noch deine Chance, dich zu bewähren."

Ronny grinste und ging dann wieder in Angriffsstellung. Das Spiel konnte weitergehen.

***

„Gutes Match", sagte Michael, als sie sich am Ende des Tages vor der Eishalle trafen, und klopfte Kyle freundschaftlich auf die Schulter. „Tut gut, dich mal wieder zu sehen, altes Haus."

Kyle rang sich ein Lächeln ab. Die New York Grizzlies hatten knapp gewonnen, was unter anderem auch daran lag, dass es Kyle schwergefallen war, den Puck abzugeben. Der Trainer bemängelte das immer wieder und bei den Übungen war es auch erheblich besser geworden. Aber sobald ein Spiel stattfand, wachte Kyle über die kleine Scheibe wie über eine Geliebte. Lächerlich. Das war ihm klar, aber er konnte einfach nicht aus seiner Haut.

„Danke, Michael. Das war ein verdienter Sieg. Wie läuft's denn so bei euch? Wie geht es deiner Frau?"

Michaels Miene verfinsterte sich. „Wir haben uns letztes Jahr getrennt. Irgendwie kam sie wohl nicht damit klar, dass ich so viel unterwegs war. Ihr jetziger Mann ist Banker und jeden Abend um sechs Uhr zu Hause. So ein Spießer mit 'nem Stock im Arsch. Allein der Gedanke, dass der meinen kleinen Sohn jetzt öfter zu sehen bekommt als ich, macht mich ganz wahnsinnig."

Diese offenen Worte verblüfften Kyle. Früher waren sie gut befreundet gewesen, aber sein Ausstieg bei den New York Grizzlies war schon fünf Jahre her und seitdem hatte er nichts mehr von Michael gehört. Die Sache mit seiner Frau tat ihm allerdings leid. Er hatte Layla immer gemocht.

„Tut mir leid, das zu hören, Mann."

„Ach. Schon gut." Michael winkte ab. „Wie läuft's denn bei dir? Deine Trennung ist ja auch schon ewig her, oder? Wie es aussieht, war deine Ex vor kurzem in Miami."

Kyle zuckte zusammen. „Was hast du gesagt?"

„Na deine Exverlobte. Norah Lewis. Wir vermuten, sie war in Miami Beach. Ihre Mutter Gabrielle ist ja regelmäßig bei unseren Spielen dabei und macht Fotos."

Das war Kyle nicht neu. Das Team der New York Grizzlies gehörte Norahs Großvater mütterlicherseits und Gabrielle hatte das Eislaufen immer geliebt. Das war auch einer der Gründe gewesen, warum sie ihre

Tochter so sehr gepusht hatte, damit sie Preise im Eiskunstlauf gewann. Im Bestreben nach Ruhm und Ehre ging Gabrielle buchstäblich über Leichen.

„Ich weiß nicht, ob du davon gehört hast, aber unserem Teamchef geht es nicht mehr besonders. Es wäre also gut möglich, dass Gabrielle die Teamleitung bald übernimmt."

„Ja. Davon habe ich gehört."

Norahs Großvater hatte schon seit Jahren Krebs. Er war zwar mit seinen sechzig Jahren nicht besonders alt, aber Kyle würde ihm trotzdem keine Träne hinterherweinen und er bezweifelte auch, dass es sonst jemand tun würde.

„Na ja. Vor einiger Zeit hat Gabrielle uns auf jeden Fall nach dem Spiel mal ein paar der Bilder gezeigt. Aus Versehen hat sie dann wohl zu weit geblättert. Das Letzte zeigte nämlich Norah am Ocean Drive in Miami. Gabrielle hat das Handy danach schnell wieder ausgemacht, aber gesehen haben wir es trotzdem. Es könnte natürlich sein, dass Norah dort nur Urlaub gemacht hat, aber wer weiß ..."

Kyles Mund wurde staubtrocken. Seit fünf Jahren hatte er nichts mehr von Norah gehört. Er hatte so lange nach ihr gesucht und nie irgendwelche Informationen erhalten. Ihre Familie weigerte sich ihren Aufenthaltsort zu verraten und den Kontakt zu ihren alten Freunden schien sie abgebrochen zu haben. Nach zwei Jahren erfolgloser Suche hatte er dann irgendwann aufgegeben. Es brachte ja nichts, nur in der Vergangenheit zu leben. Zumindest hatte er damals versucht, sich das einzureden.

Doch jetzt sah er das plötzlich anders. Norah sollte wirklich in Miami aufgetaucht sein? War das überhaupt möglich?

„Hey. Michael. Was geht ab?“, rief Ronny, der gerade aus der Eishalle kam, und klatschte den gegnerischen Mann ab.

„Ronny. Nicht zu fassen, wie groß du geworden bist. Seit wann spielst du bei den Buffalo Toros mit?“

„Seit fast zwei Jahren, aber mein großer Bruder behandelt mich immer noch gerne wie einen Grünschnabel und traut mir nicht zu, das Tor zu treffen.“

Michael schnaubte. „Das wird schon noch. Du hast gut gespielt heute.“

„Danke. Was ist denn mit dir los, Bro? Hat es dir die Sprache verschlagen?“

Kyle antwortete nicht. Er war immer noch viel zu sehr in Gedanken, so sehr hatte die Info über Norah ihn geschockt.

„Ich habe ihm gerade gesagt, dass Norah sich möglicherweise in Miami aufhält. Ich glaube, das hat ihm die Sprache verschlagen.“

„Die Norah?“, fragte Ronny. „Norah Lewis?“

Michael nickte, aber Kyle hatte genug gehört. Ohne sich zu verabschieden, ging er zu seinem Auto, startete den Motor und fuhr davon. Er musste allein sein. Es gab einiges, worüber er nachdenken wollte.

***

Als er an diesem Abend in die gemeinsame WG kam, stellte er zu seiner Überraschung fest, dass Ronny an seinem PC saß und wie wild auf der Tastatur herumtippte.

„Suchst du was Bestimmtes, Bruderherz?", fragte Kyle und zog die Augenbrauen nach oben.

Ronny sah auf und grinste ohne das geringste bisschen Schuldbewusstsein. „Ich war nur dabei, deine Sicherheitsvorkehrungen zu testen", behauptete er. „Die sind übrigens absolut unzureichend. Ich hatte dein Passwort in drei Sekunden geknackt. Vielleicht solltest du dir mal was Originelleres einfallen lassen, als dein Geburtsdatum."

„Was wäre denn geeigneter? Deins vielleicht?"

„Nein. Aber vielleicht das vom Christkind. Das kennt sicherlich kaum jemand."

Er zwinkerte ihm zu und wirkte dabei so jung und unschuldig, dass Kyle es einfach nicht schaffte, ihm böse zu sein. Stattdessen legte er seine Jacke auf den Stuhl und ging um den Schreibtisch herum.

„Was ist denn jetzt? Suchst du was Bestimmtes oder nicht?"

„Ja. Und ich bin überraschenderweise sogar fündig geworden. Hat nur drei Stunden gedauert. Gut, dass du so lange weg warst. Sonst hätte ich es sicher nicht geschafft. Wie kommt es überhaupt, dass du nüchtern bist? Ich hätte wetten können, du gehst dich besaufen."

„Ich war noch im Fitnessstudio."

Ronny schüttelte missbilligend den Kopf. Es war ungesund, nach einem Spiel noch zusätzlich Krafttraining zu machen, aber Kyle hatte es einfach dringend nötig gehabt, sich zu verausgaben. Er hatte jeden einzelnen Muskel spüren wollen und so lange Gewichte gestemmt, bis sein ganzer Körper wehgetan hatte. Jetzt, nach einer zweiten Dusche, fühlte er sich besser und wollte eigentlich nur noch ins Bett. Aber dass sein Bruder sich an seinem PC zu schaffen machte, löste Misstrauen bei ihm aus.

„Ich habe nach Norah gesucht. Jetzt wo wir wissen, dass sie in Miami ist, haben wir zumindest einen Anhaltspunkt. Vorher hattest du ja keine Ahnung, wo du anfangen solltest."

Kyle schluckte. „Zu welchem Zweck? Mit Sicherheit hat sie in Miami nur Urlaub gemacht. Dort zu leben kann sie sich doch bestimmt nicht leisten."

„Sag das nicht. Schau mal, was ich gefunden habe."

Ronny klickte auf den Internetbrowser und das Bild eines Junggesellenabschieds erschien. Lauter Frauen im roten T-Shirt mit der Aufschrift *She kissed the frog and nothing happened, but she's going to marry him anyway.*

Eine als Prinzessin verkleidete Frau stand in der Mitte, aber was Kyles Aufmerksamkeit erregte, war vielmehr die junge Kellnerin, die neben der Prinzessin stand und sich im Rampenlicht nicht besonders wohl zu fühlen schien.

Darunter stand:

Danke an unsere tolle Kellnerin Norah, die uns den ganzen Abend mit Getränken versorgt hat.

„Das ist sie doch, oder? Norah Lewis."

Kyles Hände zitterten und ihm brach der Schweiß aus. Tatsächlich. Das war sie. Es war ewig her, dass er auch nur ein Bild von ihr gesehen hatte. Seit der geplatzten Hochzeit damals hatte er nicht gewusst, was aus ihr geworden war. Er wusste, dass die Schuld an dem Desaster bei ihm lag, aber Norah hatte ihm nie die Möglichkeit gegeben, sich zu entschuldigen.

Er hatte zwar alle möglichen Hebel in Bewegung gesetzt, um sie zu kontaktieren, aber ihre Familie hielt dicht. Und wenn Norah nicht gefunden werden wollte, dann wurde sie das auch nicht. Zumindest bis jetzt.

Er räusperte sich, weil er seiner Stimme nicht traute. Dann sah er auf. „Meinst du …?"

„Ob du zu ihr fahren solltest? Natürlich. Was für eine dumme Frage."

„Aber was, wenn …?"

„Norahs Opa ist schwerkrank. Das hat Michael bestätigt. Und außerdem hieß es in dem Deal damals, dass du ihr nur nicht die Wahrheit sagen darfst. Wenn du sie so rumbekommst, dann muss der alte Sack davon noch nicht einmal erfahren."

Kyle zögerte. Der gesamte Deal damals war ohnehin eine ganz miese Angelegenheit gewesen und Kyle hätte sich niemals darauf einlassen dürfen. Aber es stimmte. Sofern niemand in New York erfuhr, dass er wieder mit Norah zusammen war, würde vermutlich auch nichts Schlimmes passieren.

„Komm schon, Bro. Seit Jahren nervst du mich damit, dass du deine große Liebe verloren hast. Jetzt habe ich sie für dich aufgespürt und dann willst du kneifen? Das ist doch wohl nicht dein Ernst."

„Wie stellst du dir das denn vor? Ich kann doch nicht einfach so nach Miami fliegen und sie dort suchen. Ich weiß doch noch nicht mal, ob sie nicht längst verheiratet ist. Vielleicht ist sie in einer glücklichen Beziehung und das Allerletzte, was sie brauchen kann, ist ein alter Lover, der sie aus ihrer Komfortzone reißt."

„Heißt das, du willst nicht zu ihr?"

„Nein." Kyle schüttelte den Kopf. „Es sind fünf Jahre vergangen. Ich habe mich damit abgefunden, dass sie weg ist. Warum soll ich ihr jetzt hinterher rennen?

Außerdem habe ich mit dem Training viel zu viel zu tun."

„Aber jetzt doch nicht! Vor Weihnachten steht kein großes Spiel mehr an. Und joggen kannst du auch in Miami. Vielleicht wäre es sogar ganz gut für dich, mal wieder etwas Sonne zu tanken."

Da mochte Ronny tatsächlich recht haben. Dem Schnee und der Kälte zu entfliehen würde ihm guttun, selbst wenn er Norah nicht finden sollte, aber die Idee war einfach zu verrückt. Vor fünf Jahren hätte er keine Sekunde gezögert, sobald er einen Hinweis auf Norahs Aufenthaltsort bekommen hätte, aber es war so viel Zeit vergangen. Was sollte es da noch bringen, alles wieder aufzuwärmen?

„Ich fliege nicht", sagte Kyle. „Das führt doch sicher zu nichts."

Ronny zuckte mit den Schultern. „Na gut. Dann halt nicht." Er sprang auf und tätschelte Kyles Rücken. „Vielleicht änderst du deine Meinung ja noch mal."

Irritiert schaute Kyle seinem Bruder hinterher. Es sah ihm überhaupt nicht ähnlich, so schnell aufzugeben. Vor allem Ronnys gute Laune machte Kyle misstrauisch.

Sobald sein Bruder pfeifend aus dem Zimmer verschwunden war, schob Kyle seinen Bürostuhl seufzend an den Schreibtisch und bewegte die Maus, um seine E-Mails zu checken.

Sofort ploppte ein Bild vor ihm auf.

Jetzt Reise nach Miami buchen! Tolle Sonderangebote!

Genervt drückte Kyle es weg, aber sofort ploppte das nächste Fenster auf.

Urlaub in Miami. Verbringen Sie Weihnachten am schönsten Ort der Welt.

„Verdammt Ronny. Ich bring dich um, wenn ich dich erwische", murmelte Kyle, als er sah, wie sich immer mehr Internetfenster vor ihm öffneten. Ganz offensichtlich hatte sein Bruder dem PC irgendeinen Virus verpasst, sodass er jetzt heillos zugespammt wurde.

Das nächste Fenster versprach wunderbare Sightseeing-Touren sowie tolle Restaurants und Bars in Miami. Billige Flüge, spannende Sehenswürdigkeiten und wunderbare Strandbilder wechselten sich miteinander ab. Kyle kam gar nicht mehr hinterher, die Fenster alle zu schließen, bis er schließlich bei einem Bild angelangt war, das ihn innehalten ließ.

Es war ein Foto von ihm und Norah. Kyle kannte das Bild nicht, merkte aber anhand der Kleidung, dass Ronny es damals auf ihrer Verlobung geschossen haben musste. Norah sah wunderschön darauf aus. Sie trug ein weites Kleid, hatte den Kopf nach hinten geworfen und lachte herzhaft über etwas, während er selbst sie im Arm hielt und lächelnd zu ihr heruntersah.

Er hatte ihr Lachen immer geliebt, so, wie er eigentlich alles an ihr geliebt hatte. Ihr fröhliches Wesen, ihren tollen Körper und den wunderschönen Kontrast seiner Hände auf ihrer Haut. Es war ein Wunder, dass sie als Abkömmling eines so strengen und konservativen Großvaters überhaupt dazu imstande gewesen war, so viel Weltoffenheit und Toleranz zu entwickeln. Vermutlich lag das an ihrem Vater, der ein wirklich anständiger Kerl gewesen war.

Kyle beugte sich leicht nach vorne, um Norahs Gesicht näher zu betrachten, als ein weiteres Fenster aufsprang.

Penisverlängerung! Erstehen Sie hier eine Penispumpe und werden Sie zur Erfüllung aller Frauenträume.

Verärgert klickte Kyle das Fenster weg und knirschte mit den Zähnen. Als hätte er so einen Mist nötig.

Er würde Ronny erwürgen, wenn er ihn das nächste Mal sah. So viel war sicher. Was fiel diesem Kerl eigentlich ein? Wühlte einfach in seinen Erinnerungen herum, als wären sie ein Tisch voller Sonderangebote. Er hatte vor langer Zeit eine Entscheidung getroffen. Genau wie Norah. War es nicht auch ihr gegenüber ungerecht, wenn er einfach so wieder auftauchte und sie aus ihrer Routine riss?

Wer konnte denn schon wissen, was für eine Art Leben sie inzwischen führte?

Weiter geht es unter:

www.amazon.de/Kyle-Diamond-Guys-Hannah-Siebern-ebook/dp/B019CEKS6A